アスカロン、魂の帰還

大谷 純

作品社

アスカロン、魂の帰還

Contents

第一部　彷徨

魂の彷徨

魂は時空を超えて旅をする
その還るべき場所をさがしながら
与えられた課題を解く方法を探りながら
世界はそのような魂の交差で成り立っている
精神病院の病棟は
そこにいるものにとって
魂の彷徨をうながす場
魂を解き放つ場

現実世界の扉が閉じて
己の起源に関わる扉が開いていく
還るべき場所を求めて

東方病院

小谷は大学病院からこの物語の起点となる多摩東方病院に出向中の心療内科の医師である。ある朝いつも通り病院の前のコンビニで朝食を物色しているとき、彼は万引きしようとする女の子を目にする。急に太ったためにジーンズが体に合わず、何となくバランスが悪いなどと何気なく観察している最中だった。彼女と目が合い、小谷が「あっ」と声をあげそうになる瞬間、品物は棚に戻っていた。彼の眼を引きずりながら、その子はそそくさと店から立ち去った。小谷はT大学病院からこの病院に出向したばかりで、患者の多くは大学から紹介された摂食障害である。その日病院の外来で患者を呼び込んだ小谷は二度目の声をあげそうになった。先ほどのコンビニの女の子が目の前にいる。大学病院から紹介された過食症患者の理恵だった。

東方病院は精神病院で、二階、三階は閉鎖病棟だが、一階は出入り自由の開放病棟である。ふつう精神病院の開放病棟にはお年寄りが多い。しかしこの病院ではお年寄りに交じって多くの若い心療内科の入院患者を受け入れている。その日から理恵もこの開放病棟の住人のひとりとなった。

理恵はその春岡山から出てきて都内の大学に入り、ひとり暮らしを始めたばかりだった。最初は実家から抜け出せた解放感もあり悪くない気分だったが、五月の連休を過ぎたころから心身の変調に苦しむようになった。そのため、せっかく友人になりかけていた麻衣と、これもはじめて異性の友だちになりかけていた亮とも離れ、大学からの紹介でこの病院に入院してきた。理恵の病棟での生活は、週に一、二度主治医の小谷との面談があるほかには特に大きな制約があるわけでもない。ベッドのうえで自省しながら過ごすことが多かった。「それでいいのか?」と思うこともあったが、小谷は理恵に対して、どうもわざとそういう治療構造にしているように、彼女には感じられた。理恵は、小谷との面談できっかけを与えられて、過去の自分のさまざまな生活の場面を思い出し、その意味をさぐる。面談にはそのような役割がある。それは、岡山で小料理屋を営む母の佳代のことであったり、弟の光一のことであったり、そのずっと昔に少しだけ暮らした沖縄のことだったり、幼いころ死別してほとんど顔も覚えていない父親のことだったりした。「はて、私は何者なのか」、そんな自問をくり返すのだ。

由美は、理恵が入院してくる二週間ほど前、骨と皮ばかりにやせ衰えて、この病院に救急搬送されてきていた。由美の状態はかなり深刻だった。衰弱死寸前で搬送されてきた彼女には栄養チューブが取りつけられた。少し回復し、体重がいくらか戻ったあとは、連日のように小谷との面談が続いていた。由美は小谷に、「いつになったらチューブを抜いてくれるのか」と迫り、小谷はまだ十分に体重が戻っていない彼女の要求を拒否し続けていた。由美はまだまったく小谷に心を開いてはいなかった。早く体重を増やしてこの病院から抜け出してしまおう。「そうとしか思っていないな」と小谷も感じていた。

心身症の患者はおおむね自己判断で行動できるため、出入り自由の開放病棟にいることが多い。ほかの患者は日中外出していたり、なかには仕事に出かけたりする人もいる。たまに散歩に出かけるくらいでほとんど病棟内にいる理恵と由美はしょっちゅう顔を合わせているため、自然の成り行きとして親密になっていった。理恵は小谷との対話にそれなりの意味を見出《みいだ》していたが、彼女から見ても、由美はまだ小谷に心を開いてはいなかった。それでも、やがて由美の体重も増え、チューブが抜ける日が来た。理恵は由美に「よかったね」と祝福の言葉を送った。由美は中途半端にうなずいた。しかし逆に、そのころから由美の精神と行動に不安定なところが目立つようになる。チューブが入っていることは、外の世界から守られていることでもあり、彼女たち拒食症の患者にある種の安心感をもたらす。それが外されることにより、彼女たちは、否応なく再び葛藤の多い外の世界に押し出される。

病棟の住人たちは、それぞれに物語を持っている。それは医師や看護スタッフたちの物語と絶えず絡《から》み合い融合する。病棟の患者同士の感情のもつれ合い、あるいは医師や看護スタッフに向けられる感情には微妙なものがある。それは時として激しい情念や行動となり、病棟をかき回す。

そのころ病棟内で、患者の金が盗まれる事件が起きる。病棟には患者同士の組合のような組織があり、まずはそこが中心となり、患者同士の問題にかかわる。しかし、にっちもさっちもいかなくなると医療スタッフにも相談が持ち込まれる。今回もまず患者同士で犯人探しがはじまった。不安定な面の目立つ由美には当然疑いがかけられる。やや理性が勝る理恵はほかの患者たちから必ずしもよく思われていなかった。そのため理恵にも盗みの犯人の疑いがかけられ、執拗な嫌がらせがはじまる。「この病棟から出て行け」。小谷も病棟の不穏な空気を感じていた。

そのさなかにもうひとつ大きな事件が起きた。由美が男性患者をそそのかし、自分との淫乱な行為を迫ったのだ。小谷は、由美を開放病棟から一時的に遠ざける手段として外泊させることにした。状態の不安定な由美のこと、閉鎖病棟に送る手段もあったが、躊躇の末、外泊は決行された。しかし、その外泊先で由美はまたしても大きなトラブルを引き起こす。由美は自宅ではなく、母とともに飛び出した大山山麓の父の実家に外泊していた。そこでリストカットに及び、近くの病院に救急搬送されて、小谷がその病院に呼び出される。小谷は由美を迎えにかけつけ、東方病院に連れ帰るが、その途中山麓にある父の実家に回ってみた。敷地内の農家にはふさわしくない礼拝堂を思わせる白い建物や庭がそのまま山に続いているような不思議な造り。小谷は異様なものを感じた。

外泊先でのトラブルは、小谷にとって大きな失態には違いなかった。しかしなぜか、そのあと由美は小谷に対してよくしゃべるようになりはじめた。まるで人格が変わったかのように。それはおもに母の和子との生活とその葛藤についてだが、その怒濤のようにくり出される言葉を十分に咀嚼《そしやく》できないまま、小谷は次のトラブルに巻き込まれる。夜の当直室を訪ねてきた由美に抱きつかれたのだ。この一件をもって由美はついに閉鎖病棟に移される。

一方、理恵は盗難事件のあとの嫌がらせが続き、ますます病棟に居づらくなっていた。亮とともに見舞いに来た大学の友人の麻衣とも相談して、小谷に退院を申し出た。話し合いの結果、一度岡山の実家に外泊してみようということになり、彼女は岡山に旅立った。理恵の外泊は由美の場合と違って退院前の準備段階として妥当なものに思えた。しかし、その彼女も実家で母と新垣という得体のしれない男が一緒にいるのを目にしてリストカットに及ぶ。理恵は当地の病院に救急搬送され、ベッドの上で不思議な夢を見る。彼女は古代フェニキアの女神となり、ローマによって滅び落ちようとする地中海南岸の古代都市カルタゴから船団を率いて、ジブラルタルを越えアフリカを回り、インド洋を突っ切り日本までの航海を導くのだ。その光景は夢のようでもあり、どこかで見た過去の記憶のようなものでもあった。それらの夢の内容は小谷にも話された。小谷は驚嘆する。「この子は一体何者なのだ」

この病院には、以前から入院を続けている大山という患者がいた。彼と対話することで、小谷は大きな憩《いこ》いを得ていた。大山はとても博識な人物で、自分の病室を巨大な書庫のようにして泰然としていた。理恵の見舞いに来る亮も大山の部屋に入り浸《びた》るようになっていた。どちらかと言えば、理恵よりも大山に会いに来ているのではないかと思えるほどに。小谷はこれら由美や理恵の問題に苦慮しながら対処し続けた。小谷は大山に由美や理恵の件でも相談を持ち掛けることが多かった。彼女たちの話の夢か現実かつかないようなところは、小谷ひとりではどうにも判断に苦しむことが多く、大山との対話から何らかのヒントを得ようとするのだった。

対話しているうちに小谷は、大山と由美の父の実家が同じ部落内にあることを知る。同時にその山麓の部落の秘密を垣間見ることになる。そして、由美の母和子の葛藤には、その部落民が守り続ける宗教上の秘密が深くかかわっていたことを知る。和子が嫁いだ家は大山教とも呼ばれるその宗教のなかで大きな役割を持つ存在であり、彼女は大山教が求めるあることに耐え切れず出奔したのだ。それは由美の葛藤と秘密にも大きくかかわる。ただ、大山と話していると、肝心の大山自身と由美の家のかかわりのところははぐらかされ、その広大な知識の海に放り込まれて、どこに流れ着くやらわからない様相を呈することがほとんどで、不全感を持つことも多い。

一方、理恵はやがて退院し、麻衣と亮との共同生活に旅立っていった。

起源への旅

そしていくらかの月日が過ぎた。

由美は相変わらず閉鎖病棟にいた。そして次第に由美の起源に関わる過去の扉が開いていく。理恵は古代フェニキアの女神という起源をもっているらしいが、由美もとてつもない、うすら恐ろしい起源をもっているようだった。そのような由美の過去への旅につき合ううちに、小谷自身の過去、起源への扉も徐々に開いてくる。理恵と由美、うすら恐ろしい起源をもっていそうな者たちと関係している自分、やはりそれなりの起源と役割があるのだろうな。小谷はそう感じざるを得なかった。

理恵が退院してしばらく、小谷は東方病院の常勤医を辞したが、非常勤医師として相変わらず病棟と外来の勤務を受け持っていた。そのほかに都内の心療内科クリニックでの診療と出身地の山陰の診療所でも診療に携わる生活を送っていた。由美とは東方病院の病棟で、理恵とは都内のクリニックの外来で、亮とは東方病院の外来で、それぞれ面談を続け、病院では相変わらず大山との対話も続けていた。

東方病院の庭の茂みの奥にひっそりと岩屋のようなものが佇《たたず》んでいる。不思議な場所である。左右の石柱に囲まれて人の等身大くらいの空間がある石室を思わせるつくりになっていて、そのなかに入ると不思議な安らぎを覚える。そばにはお堂がある。院長に「あれは何なのか」と問うたことがある。院長の説明によると「古墳があると聞いたこともないし、よくは知らないが……」と前置きしつつだが、ずっと以前からこの地は施術所のあったところで、それに関連したものだろうとのことだった。大山ともその場所については対話を重ねた。

その場所は、小谷に以前に訪れた熊野のある場所を想起させた。熊野の七里御浜の西端の古神殿という古名を持つ場所の神内《こうのうち》神社のそばに、ひっそりと隠れるようにそれはある。そこに佇んだとき小谷は不思議な安らぎを覚えた。「子宮のなかにいるような」安寧。子宮のなかにいたときのことを覚えているわけではないが、多分そのようなものではないのかと思える安らぎ。課題はすべて自分と母親の体の一部である子宮とのかかわりのなかで生じ、外の世界とはまったく隔絶された自分にとって原初の空間。七里御浜は古代、神武天皇が大和進攻を遂げる前に上陸を果たした場所でもある。神武の時代の前後、日本に限らず世界中で大きな変動がもたらされている。それまで支配していたものによる秩序が崩れ、新しい秩序が出現した時期だ。日本には神武以前にはどのような世界が広がっていたのか。東方病院の茂みの石室に佇むと、ふっと熊野の情景が浮かぶ。小谷の夢想は広がっていった。

東方病院には由美や小谷の夢想に合わせたものか、奇怪な者たちが集まりはじめていた。キリト、ユリア、ウマヤド、ユージン。キリトはイエス・キリストを、ユリアはマリアを、ウマヤドは厩戸《うまやど》の王子（聖徳太子）を想起させる。ユージンはモンゴルの草原の勇者だ。

そのころ、小谷はしきりに夢を見た。古代シリアの大女神を祀《まつ》るアスカロン神殿。神殿の玉座には由美が腰かけ、そばに侍従として大山がはべる。小谷はその前でひざまずいている。「どういうことなのか」と大山にも問いかけてみた。今まで夢に理恵や由美が登場することは多かったが、大山が出てくることは一度もなかった。大山はいつも高所から観察者然としていたはずだ。大山自身も「さて？」と首をひねっていたが、小谷にはそのころの大山との対話のなかでひとつのヒントを得ていた。

由美の父の実家は、大山山麓の大山教団とでもいえる宗教集団の中心をなす家系だったのだが、じつは、大山の家は、ずっと昔から由美の家を守護する関係にあったのだ。大山はそのことについては多くを語りたがらなかったが、その関係性については認めていた。しかも、由美の家に女の子が生まれるとき、女神とその守護者としての関係性が一層鮮明になるようなのだ。つまり当代の由美と大山はまさしくその関係にある。そして由美はどうも何らかの宗教的使命を持ってこの世に生まれ出てきたらしい。その使命に関連してキリトやウマヤドが東方病院に集まってきているのか。そのようなことも想起される。

このことは、由美と大山の妙な動きからそれと知れることになるが、その使命が何なのかは小谷にも理解できていなかった。またそのころから、小谷の夢のなかにしきりに観音様が現れ対話がはじまる。小谷が観音様に、なぜ私の夢に出てきてお話になるのかと問うたところ、あることを見届けるためであると。そうこうしているうちに、小谷も手助けをしてしまう形で、病院の庭の茂みの「その場所」で、由美がキリトに乳を含ませることで、一連の出来事の結末を迎える。この一件は「アスカロン事件」と呼ばれるが、これは古代シリアの一帯に伝わる、女は誰でも生涯に一度はウラニア・アプロディーテを祀るアスカロン神殿の聖域で見知らぬ男と交わらねばならないとする古い風習になぞらえて名づけられたものである。奇怪な者たちはこのことが成就されるために集まってきたらしい。この世を破滅から遠ざける救い主とその人を守り育てる女神、そしてその女神を護るサルタヒコ的な存在。この事件でキリトと由美と大山の関係性が明らかになる。当然ながらそれを防げないどころか手助けに回ってしまった小谷は病院から激しく糾弾される。一方、理恵は亮の子を宿す。由美から「救い主」と予言された子である。

その後

小谷はアスカロン事件の責任を問われて病院を辞した。この件は医師法に問われる可能性もあった。しかし、院長自身が、神の業《わざ》と人間が作り出した法体系の整合性に疑問を持つタイプだったので、この件を人間の法に照らしてさばくことを潔しとせず、そこは公にして罪を問うことはしなかった。ただ、患者同士の淫行を阻止できなかった管理上の責任は問われる。小谷はそれに対して、完全に病院から身を引くことでけじめとした。そのため、小谷の診療実践の場は都内のクリニックと地方の診療所のみとなった。

大山もついにビブリオと化した開放病棟の個室から追い出され、大山山麓の森の実家に引っ込むことになる。彼は、閉鎖病棟にならら残ってもよい、と提案を受けたのだが、「縛られる自由」よりは「森の自由」を選ぶことにしたのだ。山麓の実家に帰るにあたって、大山は彼に課せられた「あること」を予感しはじめていた。

由美の扱いも、管理者たちの間で議論になった。結局、小谷が退職してしまって、そのあとをきちんと継承して診られる医師がいないこともあり、家族に退院について持ちかけたところ、復縁していた両親から自宅で診たいとの申し出があったので、退院とした。「アスカロン騒動」の被害者なのか加害者なのかよくわからないキリトとウマヤドもいつしか病院から去り、この件の調整役を果たしていたのかもしれないユリアもいつしか病院から姿を消していた。

やがて亮と理恵の間に男の子が生まれる。由美が「救い主、それも特別な存在」と予言した子である。

新垣という男

小谷は理恵とは相変わらず都内の診療所で月一回のペースで面談を続けた。東方病院に通っていた亮も、ときどき理恵のつき添いを兼ねてクリニックにやってきて顔を見せる。小谷が辞めたことより大山がいなくなったことで彼にも病院に行く意味がなくなっていたし、彼はもはや患者でもなかった。

亮と理恵の生活にも少し動きがあった。亮と理恵は、子どもが生まれることを機に籍を入れ、同居をはじめることにした。そのため弟の光一は居候していた理恵のアパートを出ることにした。亮は「一緒にいればいいじゃないか」と引き留めてくれたのだが、光一は出る決断をした。

光一がアパートを出るとき、理恵はずっと気になっていることについて彼にただした。新垣についてだ。どんな素性の男なのか。彼は、理恵たち一家が沖縄から岡山に出てきた少しあとに、やはり沖縄からやってきた。岡山の佳代を看取って、今はその店を継いでいる。新垣は理恵たちが小さいころからよく店に出入りしていたらしい。理恵たちが寝たあとの時間帯にはもっと頻繁にやってきていたのかもしれない。

「ああ、新垣さんのことね。お姉ちゃんが毛嫌いしているのを知ってたからね、新垣さんも、お姉ちゃんにはあまり声をかけなかったみたいだけど、僕はよく釣りや水浴びに連れて行ってもらったよ」

「私にはそういう思い出はないわね」

「男同士ってこともあったのかもしれないけど。新垣さんっていい人だよ」

心底そう思っている顔つきで、光一はそう言う。新垣は、もともと父の姉の世話をしていた人である。そのことは理恵もそれとなく聞いた覚えがある。父の姉は沖縄の宗教儀礼のなかで、特別な立場にある人だったようで、理恵はまともに話した覚えがないし顔も覚えていない。ただ、父さえしっかり覚えていないのだから、これは仕方がないことなのかもしれない。とにかくそのような姉の世話をできるのは、また、定められた人でなければならない。つまり新垣もその儀礼体系のなかで特別な人ということになる。

「お姉ちゃんが岡山の私立の高校に行けたのも、大学に行けたのも、僕がデザインの学校に通えたのも、お母さんがお店を持てたのも、すべて新垣さんのおかげだ、とお母さんがいつも言ってた」

なるほど考えてみれば、沖縄から着のみ着のままで出てきた佳代に、そんな余裕があるはずがない。佳代は沖縄の生まれではない。小さいときに両親とともに沖縄にやってきたらしい。今のようなスローライフの風潮もなかった時代、よほど事情のある者でなければ、なかなか島には来ない。佳代の一家がどのような事情を持っていたのか理恵は知らない。出ていく者はあっても、めったに外からは来ない。しかし、だからこそ、いったんそこに入り込めば来た者はみな親類みたいなものだ。それを赦《ゆる》す風土がある。父と結婚して佳代はとても大事にされたようだ。そのようなことで、もちろん佳代と新垣はとても親しかった。

「お店もね、今は新垣さんが仕切ってるけどね。ぼくが大きくなったらぼくに譲って、自分は沖縄に帰るんだって言ってるし」

たまには新垣から理恵に話しかけようとしたし、佳代も理恵に新垣のことを話したがっていたようだが、理恵は、新垣の話が出そうになると、いつも不機嫌になったり、二階に上がってしまうので、結局、彼についてはあまりよく知らないまま今に至っているのだが。

「少し毛嫌いしすぎていたのかな。案外いい人なのかも」

光一の話を聞きながら、理恵はそんなふうにも思った。しかし、だらしなく見えるその風体がどうにも好きになれないのだ。

「でも、新垣さんは、どうしてそんなにいろいろ工面できるのかしら」

「さあ、ぼくにはよくわからない。『俺にはいろんな縁がついてるんだ』なんて言ってる」

「どんな縁?」

「さあ、知らないよ。僕にはお姉ちゃんのスカートの下から見た世界しかわからない」

「何言ってるの」

光一は近ごろ、理恵のスカートの下から見た世界を絵にして、それなりに人気を博したりしているらしい。それも含めて理恵は少し苦々しく思っていた。

姉のスカートの下から

光一は理恵のアパートを出たあと、彼の絵のファンでもあり、支援者だという女性の家に身を寄せているらしい。彼の絵は、理恵のスカートの下からのぞく風景で知られはじめていて、その独特の世界が開花しつつあった。

「姉のスカートの下から」というその作品群では、スカートの向こうに童画的で静かな日常が広がっている。その独特の世界は、小さいころ沖縄の海辺の神のいる場所「御嶽《うたき》」からぼんやりと海のほうを見ていた感覚と共通したものだという。

小谷はあるときそっとその展示の様子を覗いた。彼を見つけて光一が近づいてきた。

「小谷先生じゃないですか」

「ああ、理恵さんから光一君が絵を描くとは聞いていたんだけどね。すごいじゃないか。よく展覧会やってるの」

「最近になってぼちぼちです。でも姉さんは、あまりぼくの絵が好きじゃないみたいですね。怒られはしてもほめられたことないな。まあ、テーマがテーマですからね」

「岡山でもずっと描いてたの」

「デザイン学校に通ってたんですけど。もっと勉強したくて。東京で学校に通い直しました。それが東京に出てきた一番の理由です」

「ほう、そうだったんだ。えらいね。面白い絵だね」

小谷はしばらく絵を見まわした。

「そうですか。ありがとうございます。たまにはほめてくれる人もいますけどね。でも、これじゃとても食べてはいけないし、アルバイトで何とかやってます」

「理恵さんは観に来てくれたの」

「いえ。案内はしたんですけど、『ふざけないでよ』の一言でした」

「そうか。それは残念だったね」

「でも姉さんのアパートで描いてたわけだし、どんな絵なのかはよく知ってるはずです。それに案内状を見て亮さんは観に来てくれたんです。亮さんに誘われて大山さんも来てくれました」

「そうなのか」

大山の名を久しぶりに聞いて小谷は少しドギマギした。

「ところで光一君は理恵さんの家を出たそうじゃないか」

「亮さんは、『いてもいいぞ』って言ってくれたんです。でも、何となくね。ぼくの絵をほめてくれるある方のところに身を寄せています」

「ほう、そうなのか」

「もう少ししたら来られますけど」

と言っている間に、初老の女性が入ってきた。小谷が「あれ？　どこかで見た顔だが」

と思っているうちに、女性のほうから近づいてきた。

「小谷先生じゃないですか。先生にお世話になっていた桑原です。覚えてらっしゃいますか」

そう言われて、小谷もすぐに思い出した。ずっと以前、小谷がT大学の心療内科にいたころ受け持ちだった患者だ。

「ええ、桑原さんですね。よく覚えていますよ」

そのころのままだ。桑原は不安神経症の患者で、やはり年下の男性と暮らしていたように覚えている。光一はあっけにとられている。

「先生と桑原さんはお知り合いなんですね」

「そうね。私は小谷先生が心療内科医をはじめられたころの患者だったの。素敵な先生だったから、よく覚えているわ。先生も変わられませんね。心療内科の先生方とはときどきお会いする機会がありますの」

桑原は笑っている。彼女は教授の外来に通ってきていた。ときどきひどく調子が悪くなり入院してくる。小谷が心療内科に入局して何人目かくらいの入院の受け持ち患者だった。小谷は毎日桑原のベッドに通い話を聞いた。若い同居人に対する愚痴の聞き役だった。週に一度教授の回診があった。そばで見ていても、教授と彼女の間には強いきずなが感じられた。

「桑原さん、具合はどうですか」「ええ、だいぶいいんですのよ」そのくらいの会話で十分だったようだ。やがて彼女は「もう落ち着いたので」と退院していった。小谷は彼女の愚痴を聞くばかりで、あまり治療らしいこともできなかったのだが、「もうよくなったから帰る」と言う。そのころ受け持ち患者のこのような退院が続き、小谷は釈然としない気持ちでいたが、心療内科の治療とはそのようなものだとも教えられた。その後彼女から一度自宅に遊びに来ないかと誘いがあったが、小谷は受けなかった。

光一の「姉のスカートの下から」という作品は、そのような遠い昔の日常を引き出す縁の力があるのかもしれない。小谷はふっとそのようにも思った。

サルタヒコ

新垣はときどき東京にも出てきて、光一と会っているらしい。

「私も一度新垣さんと会ってみたいな。もしよかったら、東京に出てきたときにクリニックに顔を出してくれるようお願いしてみてくれないか」

小谷は光一にそう頼んだ。光一も承知した。そんなことで、小谷の都内のクリニックに新垣が訪ねてきた。新垣の顔の向こうには沖縄の海と太陽が広がっていた。それがよくわかる。理知的な面の勝る理恵がそれを受け入れがたいのも、何となくわかる気がした。「新垣はサルタヒコなんだな」小谷は直感的にそう感じた。最も原初的な男神にして新しくやってくる神の保護者、新しい神を迎え誘う得体のしれない包容力を持つもの、サルタヒコ。新垣はその風格を持っていた。

新垣の話をまとめると、理恵の父の姉は沖縄のカンカカリヤ（神懸かり女）で、彼自身はそのカンカカリヤや御嶽の神庭でクイチャーを踊るツカサやユタなど儀礼を司《つかさど》る女性たちの世話を焼く役目を負う存在。小谷は少しでも自分なりに新垣の素性を確かめようといろいろ話しかけてみた。だが、あまり裏表があるようには感じられず、だらしなく屈託がない。理恵が好きになれないのは何となくわかるが、なぜそこまでこの男を遠ざけるのか、もうひとつピンとこなかった。彼女の遠い何かが警戒しているのか。また会いましょう、と通り一遍の挨拶をして別れた。

小谷は、以前に大山とサルタヒコについて議論したことを思い出した。サルタヒコは日本神話に従えば次のように説明される神である。

天孫降臨の以前からこの国にいるいわゆる国つ神で、アマテラスの命を受けて、ニニギノミコトがこの国に下った天孫降臨の際には道案内をした。その後故郷の伊勢の五十鈴川のほとりに帰り、アマテラスの墓所が伊勢と定まったのちは、その鎮護者として猿田彦神社に祀られることになる。またアマテラスが天岩戸に隠れたとき岩戸の前で踊ったアメノウズメのパートナーでもある。出生は出雲の加賀の潜戸といわれ、出雲の佐多大社、滋賀の白鬚《しらひげ》神社、宮崎の荒立神社など、全国各地にこの神を祀る神社の存在が知られている。中世以降は、サルの音から庚申信仰や道祖神と結びつけられることも多い。

「つまりサルタヒコっていうのは、外の神が来るとき、その先導役をやったり、大女神を守護する役目を持つんだよね」

まず小谷が大山に確認を求めた。

「そうですね。でも、そういう受け取り方はあまり本来的じゃないかもしれませんね。ずっと以前から住まわっているから、結果的にはたしかに先導役になるわけですけど、地祖神の代表格のような存在ですからね。それが日本を含む東アジアの世界でどういう意味を持つのか、もう少し読み解いておくほうがいいと思います」

「というと?」

「日本の神話では、アマテラスに最大の神格を与えて、その従者あるいは守護する神としてサルタヒコがあるわけですが、サルタヒコはアマテラスより前からこの地に住まっているのです。アマテラスにつき従ってこの国に来たわけではありません。そこは微妙です」

「たしかにね。それがアマテラスの下に置かれるというかつき従う存在にされるのは、たしかにあまり面白くないよね」

「そこが神話の妙なところで、アマテラスはそのモデルも無理やり作り上げられた感じで、実在した可能性は低いんですが、サルタヒコに当たる存在は、ずっと高い確率で存在していたんじゃないでしょうか。その存在を無視できないから、サルタヒコの逸話が生まれた」

「なるほど。どうだか知らないけど、神話って時の為政者に都合よくあとでこうしようあしようと作り上げた物語だもんね」

「まあ、そういってしまうとミもフタもありませんが、そこにはそれなりの真実も含まれるわけでね。それにもうひとつ、サルタヒコはアマテラスに仕えるアメノウズメのパートナーでもあるわけなんです」

「そうだよね。それもよく知られたことだ」

「そのアメノウズメなんですが、これもアマテラスにつき従うということで本当にいいのか微妙な問題が残ります。たぶんアメノウズメもずっと以前からこの地にいた神で、その立ち位置を物語のなかで何か工夫する必要があった」

「なるほど。男神のサルタヒコも女神のアメノウズメも同じような葛藤の末、物語のなかであああいう存在として描かれているということか」

「そんなところかと思います。でも、結局アメノウズメはアマテラスという神を降ろしているわけですよね。その点から見ると東アジア全体でも同じような形が見えるんです。これは半島や済州、沖縄、周辺の島々に広くみられる巫女信仰の日本におけるひとつの形と考えられるんです」

「ほう、巫女っていまでも神社にいる巫女さんのことか」

「日本の神社でも形式化されて、一般にもよく知られてますよね。今の日本では、巫女さんって神事のいろんな手伝いをする存在、くらいの感じだと思います。その存在は古代ギリシャの託宣などにも出てくるし、それほど特殊ではないかもしれませんが、なぜその人たちが託宣なりの場にいるのか、ということまで考えるとなかなか簡単ではありません。でも、居場所が知れず得体もしれない『神』をそこに降ろす役目を持っているわけですしね」

「なるほど。そして、その巫女の世話をするのがサルタヒコというわけか」

「世話ですか？　そういわれると少し妙な気もします。新垣さんとか私とかサルタヒコまがいの存在にはそういう役目もありそうですが、サルタヒコという神がそうだと言ってしまうのはどうなんでしょうか」

「そうだね。女神の守護はしても、巫女の世話を焼くというと、ちょっと妙な気がするよね。国つ神に対して失礼なというか、ちょっと違うんじゃないかというか」

「サルタヒコも本当に得体のしれない存在で、いろんな面を持っているんです。これは古代ギリシャなどにはいるのかな。あまりピンとくるものがないかもしれません。最初から獅子とか動物だったりしそうですね。日本でも近世以降の信仰では、どちらかといえば庚申つまり申《さる》にかけてお参りされることが多かったり、動物の姿をしていることが多いと思いますが、簡単に『こういう神様だ』とは言いにくいです」

「たしかにそうだよね。巫女がその儀に集中できるようにお世話するということだけなら、何となく、そこらじゅうサルタヒコだらけ、みたいな感じになっちゃって、大山さんは由美さんのサルタヒコで、亮君は理恵さんのサルタヒコか、みたいなことになっちゃって。それも変だもんね。もちろんそういう面も持ってるわけだけど」

「まあ、そういうことですね。サルタヒコって、すごく得体のしれないところが多いんです。あまり定義したがらないほうがいいと思います」

大山教団

由美は小谷の都内のクリニックに通うようになっていた。東方病院を退院した彼女は復縁した両親の家に引き取られた。つまり大山山麓に移り住む以前の状態に戻ったわけだ。次のような経緯があった。

父の栄治は、その母エイが認知症を発症し施設に入ったあと、由美の母和子に復縁を求めた。和子はすんなりと栄治を許したわけではない。和子は栄治を詰問した。「自分が大山山麓の家で、エイとの葛藤のなかで苦しんでいたとき、あなたはなぜ自分の側に立ってくれなかったのか」。栄治はつらそうに次のように弁解した。

自分の家が大山山麓で代々宗教儀礼を扱う家系なのは、小さなころからうすうす知っていた。しかし、父の平吉も母のエイも、そのことについて自分に何かを強要することもなかった。高校を卒業すると、家を離れて都内の大学に通い、そのまま横浜で会社勤めをはじめ、和子と知り合い結婚した。そんなことで自分自身あまり意識していることでもなかったので、和子に自分の家について詳しく話すこともなかった。むしろ和子のほうが田舎《いなか》暮らしにあこがれているふうで、「いずれ山麓に引っ越せるといいね」などと口にしていた。「そうだったよね」、栄治は和子に相槌を求めた。「まあ、そんな感じだったわね」、和子も認めた。

ふたりの間に由美が生まれ、和子の希望通り、しばらくして大山山麓に移り住んだ。そこで和子は初めて山麓の生活に触れることになる。それは当初、さほどなじみにくい変わったものでもなかった。ときどき集落の人たちが、栄治の家の庭にポツンとある白い建物に集まり、平吉を中心に集会を開いていた。だが、それ自体はそれほど奇異な眺めでもなかった。そのなかには東方病院に入院している大山の父の姿もあったようだった。和子にとっては、エイが自室のマリアなのか観音なのかよくわからない像の前で恍惚の表情を浮かべていることのほうが、かえって気になるくらいのものだった。エイは、いつのころから大山山麓に住みついたものかわからない隠れキリシタンの家系に属していた。そのあたりでは、キリシタンに限らず、多くの隠れ人がひっそりと暮らしていた。西方からの隠遁者であり、落人《おちうど》であり、破戒僧であり、何らかの罪を負った人たち。大山山麓とはそのような場所であり、大山教団はそれらの人たちのなかで自然発生的に出現した集団で、由美の家系はそれらを束ねる中心的な存在だった。和子も自分とは直接かかわりはないものの村にはそのような構図があるものとそれとなく理解していた。

その比較的平穏な生活が、平吉が亡くなったあとくらいから明らかに変わりはじめた。

集落の人たちが、栄治に平吉の役割を求めだしたのだ。そのころから栄治の和子に対する態度は気配りを欠くものとなった。エイのマリア観音像の前にいる表情にも一層苦し気なものが混じるようになった。由美の眼前に栄治と和子の言い争う姿がさらされることも多くなった。エイと和子の間の空気も明らかに変わってきた。エイが和子に集会への参加を求め、和子が拒否すると激しい言葉を浴びせてくるようになった。それを見た栄治とエイの間でまた口論がはじまる。そのようなことがくり返されて、とうとう和子は由美を連れて家を出た。由美は、要領を得ないまま母に尋ねた。なぜ自分たちは家を出なければならないのか、と。

「父さんはね、私たちより大山教団とかいう得体のしれないものを選んだのよ。とても一緒にはいられない。由美、あなたのためにもね」

「私のためにも？　それはどういうこと？」

「私にもよくわからないけど、大山教団があなたを必要としている、みたいな話だよ。ぞっとするわよ。とにかく何かが起こりそうで、怖いのよ。何かが起こる前に出ましょう」

ますます要領を得ないまま、由美と和子はふたりだけの生活に入った。和子のしつらえたパテオの生活である。そこで次第に和子は精神のバランスを崩し、由美も強い圧力を受けて摂食障害に陥る。そして経験豊かなA医師の治療でも救われなかった由美は、東方病院で小谷と出会うことになる。

由美は父母と暮らすようになって、東方病院の閉鎖病棟にいるときよりはいくらか正気を取り戻しつつあるように思えた。「やはり由美さんを閉鎖病棟に置きっぱなしにしていたのはまずかったな」、今になって小谷はそうとも思う。由美のようなまわりの空気に馴《じゅん》化《か》しやすいタイプにとって、妄想渦巻く閉鎖病棟に長期間おかれたのはまずかったかなと思うのだ。両親のそろう家に帰ったことにより、由美の意識や認知の能力はかなり現実性を取り戻しつつあるようにも思える。

しかし、それは、由美が再び外の世界との対決を余儀なくされることでもある。小谷は、ヒステリックな発作をくり返すほどの葛藤を抱えた人格がそう簡単に融和してくることはないと、経験的によく知っていた。閉鎖病棟から解き放たれ外の世界に出るということは、本人にとってもその周囲にとっても新たな危険をはらむものでもある。

妄想の意味

閉鎖病棟は妄想に満ちている。住人たちは、自分の時空を超えた意識とも無意識ともつかない世界で生きている。患者ばかりではなく、それはしばしば医師にも同じことが言える。あるときにはそれが響き合う。壮大に。小谷も面談で由美のワープする世界につき合いながら、自分がかつて訪れた熊野や津軽や出雲の古代を彷徨したとも言える。

ただ、古代のその場に身を置いたわけではない。それは天の窓からちょっと下の世界を覗いたようなものだ。その場に身を置いてしまえば、たぶん大変なことになる。たとえば戦国時代にワープしてしまったら、どうなるのだろう。戦の場にワープしてしまえば、まず軍馬に蹴り殺されるのがおちだし、戦の場から命からがら何とか逃れても、山賊に身ぐるみはがれるか、山のなかでオオカミの餌食になるくらいが関の山だ。信長も秀吉もあったものではない。だが、そのひとつひとつの場面が、たしかに信長、秀吉につながっていく。とにかく起きたことだけが真実なのだが、その起きたこととの目撃者はたいていの場合限りなく少なく、目撃者にとってその持つ意味は、それぞれでまったく違う。公の歴史や神話などというものは、あとの時代になって、それを天の窓から部分的に覗きながら都合よく作られていく。歴史とはそのように作られていく。都合よく。誰かの都合に合わせて。そう。したがって、個人の歴史も自分を主人公にして自分に都合よく作ればいいということにはなる。

とはいえ、今の私たちが自分の解釈にしたがって作り上げたひとつひとつの場面も、あとで見れば何かにつながっていくということではないのか。思えば、小谷と由美はもうずいぶん長く、ペースはその時々で違いはあっても、診療室という場で顔を合わせてきた。そしてお互いの様子を探りながら、言葉を交わしてきた。由美も、今はもう命にかかわるような極端な拒食に陥るわけでもない。両親と暮らすようになって、妄想の世界で跳梁するふうでもなく、ずいぶん現実検討能力を取り戻している。ただ相変わらず自律神経のバランスが悪く、あちこちに体の不調は残る。診療といってもその相談がおもで、命にかかわるやり取りをしているわけではない。場合によってはよもやま話に近い雑談で終わることもある。とても現実的な会話だ。それらの場面もやはり何かにつながっているのか。由美は、小谷自身も巻き込まれた自分自身の妄想のなかでは、古代の大母神「アスカロンの女神」ではなかったのか。あれはいったい何だったのか。今の私たちの現実とどうつながっているのか。何かつながりがあるのか。それともあれは妄想なのだから、今の現実とは何らつながるところはない、ということでいいのか。しかし、そのために自分は病院を辞めている。これは現実だ。

小谷にはやはりしっくりこない、割り切れないものが残っていた。「妄想として差し出されるものは、現実と何らつながっていないのか？」そんな疑問も抱きながら、由美との面談は続いていった。たしかに最近の小谷と由美の面談は「落ち着いた様相」を呈しているとも言えた。特に何も起こらずに続いていた。だが、小谷は内心どうも落ち着けなかった。由美が入院してきたばかりのころ、栄養チューブを抜いてひと安心と思っていた裏で、拓也と性的逸脱行為に及んでいたこと。小谷によく話し出してくれたなと思っていたら、宿直室での衝動的な行動。閉鎖病棟に移って「ここなら大丈夫」と彼女の妄想ワープにつき合っていたら、アスカロン事件の末、結局自分は病院を辞めなければならなくなった。思い出してみれば、ひどいことばかりではないか。

このまま落ち着いた状況が続くはずがない。小谷の何かがそう警鐘を鳴らし続けていた。

栄治の葛藤

由美の病状はひとまずおいて、自分と由美に関わるこのような妙なことについてもきっちり洞察してみなければいけないな。つまり「由美の持つ使命」とそれに関わる「自分の役割」のようなことへの洞察が必要だ。そういう思いもあり、小谷は一度由美の父である栄治にも面談を求めた。栄治は由美のこれまでの病気と逸脱行動をどう認識しているのか。和子の今の状態はどうなのか。また栄治の家系に脈々と受け継がれるというある宗教的使命。それはどうも由美が持つ使命でもあるようだ。これらについて彼から直接説明を受けたいと思ったのだ。由美を通して栄治との面談を申し込んだ。由美は特に抵抗もなく父に取り次ぎ、彼はクリニックにやってきた。

「栄治さんですね」

「そうです。先生にはいつも由美が大変お世話になっています」

小谷が見る限り、栄治は礼儀正しく、特に茫然感というか現実検討能力の欠如を感じさせるタイプとは思えなかった。まず和子の話から入った。

「妻をこのようなことに巻き込んだのは、百パーセント自分のせいで、大変申し訳なく思っています。ただ、自分としては大山山麓に帰るまで、こんなことになる予感はありませんでした。宗教的な雰囲気も、特に自分たちに重くかぶさるものだとは思っていませんでしたし」

和子に詰問されたときと同じ調子で弁明気味に語りはじめた。

「それが明らかに変わりはじめたのは、いつごろからでしょうか」

「やはり父の平吉が亡くなってからですね。父は自分の代で、我が家系が受け継ぐ、なんというか、ある意味おぞましい習わしというか伝統を終わらせようと思っていたようです。たぶん。そのために私が小さいころにも何も要求しなかったんです」

「なるほど」

「でも、いざ父が亡くなってみると、村人がそれを許さなかった。あのあたりの集落の存在意義に関わることのようですからね」

「たしかに彼らも必死でしょうからね。わかります」

「私はとても苦しくなった。それは当然妻にも影響を与えます。妻もつらかったと思います」

「そのようですね」

「それと私にはもうひとつ、より直接的な心配があったのです」

「というと」

「由美のことでした」

「お父さんが由美さんの心配ですか？」

「妻が不安定になると当然由美にも影響が出る、ということ以上の問題です」

「それは？」

「先生は宗教的なことに深く関心をお持ちだと聞いていますから、端的にお話しします。私の家系は大山山麓に伝わる大山教で中心的な役割を持つ家とみなされています」

「たしかに存じ上げています」

「それはありがたい。その何が中心なのかというと、どうも家に生まれる女の子が大女神あるいは大神を補佐する大乳母として働くということのようなのです。どうもＳＦがかってくるのですが、実際、中世から近世にかけての大山信仰の隆盛に、我が家系は大きな関わりがあるようなのです」

「そのようですね。私も調べてみました。そして、同じく東方病院に入院されていた大山さんの家系も、そのような宗教的儀礼に関わっていらっしゃるということでしたね」

「その通りです。そこで由美なのですが、じつは久々に家から生まれた大山教の血を引く女性ということになります。母のエイも妻の和子も外から入ってきた者で、その血は継承しておりませんから」

「そういうことになりますね」

「村の人たちはそこをうるさく言いはじめたのです。大山教団を再興するものとして、由美を育てろと」

「なるほど」

「私は、そんな前時代的な話に乗って娘を苦しめるわけにはいかないと抵抗したのですが、なかなか皆は言うことを聞いてくれません。それで由美の身に危険を感じたのです。そして、それとなく妻に由美を連れて家を出るように仕向けました。彼女がそのようなことをどのくらい理解してくれたかは知りませんが、お互いに感情的な衝突も起きますし、無茶な話には違いなく、私はあきれられて、結局ふたりは出ていきました」

「そんな経緯があったんですね。出ていくことをお父さんが仕向けられたと」

「経緯はどうであれ、私は彼女たちを苦しめてしまいました。でも、そんな私の心をいくらかでもわかってくれていたのか、母が入所して、私が大山の家を出て、もう一度妻たちとやり直しができないかと申し出たとき、彼女はそれを許してくれました」

「よかったですね。なかなか難しいことだと思います」

「はい、十分なことはしてやれないにしても、いまは妻と娘と暮らせて、自分としては安堵しています」

　小谷にも栄治の心情はよく伝わった。だが同時に、栄治の説明で頭では理解できても、依然として漠然とした不安が呼びおこされる、由美の持つ血あるいは「魔」の部分は、やはり小谷のなかで引っかかったままだった。その「魔」は自分にも直接何か引っかかっているのではないのか、それはどう関わりあっているのだ。関わりあっているからこそこれまでの経緯があり、いまの現実があるとしか思えない。

　小谷は以前から、フロイトのいうところの、個人の意識の底に堆積して何かと意識に作用を及ぼすその人個人の無意識と、ユングのいうところの、それだけでは捉えきれない民族あるいは集合体としてその人が帰属する深さから発せられる無意識あるいはその役割、とのギャップに悩むことが多かった。運命という軸を立てて考えてみれば、フロイトはあくまで運命に抗し、ユングはいくらか運命的なものに意味を見出そうとしているようにも感じられる。個人的には、本人もある程度納得して葛藤が解決できていそうなのに、それがその人の周囲とどうもうまく調和しない。あるいは、その人はそこにとどまっていてはならず、もっと深く苦しみながら、集合体のなかで成し遂げていかなければならない何かを持っているのではないのか。自分のなかに、治療者としてのものと社会を見る目との間のギャップとでもいうのだろうか、そのような感覚を持つことがあるのだ。

個人と集団、それはどこで手を打って納得することになるのか。これは現実の場面でわりとふつうにみられる葛藤でもあるが、いつもかなり難しい。そのうえはるか昔からの血にかかわってくる役割を持つという由美はどうなのだ。その役割を断ち切ってしまって落ち着ければそれでよいのか。理恵はどうなのだ。理恵は自分の立ち位置、自分が治るということについて慎重に構えるタイプと思えるから、彼女の感覚にまかせながら伴走すればいいのかもしれないが、これもはたしてそうなのか？　それでいいのか。もう一段とりとめのなさを感じる由美の場合はどうなのだろうか。それはともかく、由美や理恵にとって私は一体何者なのか。

小谷の夢と葛藤

小谷は以前によく見た夢を最近になってまたくり返し見るようになった。

砂漠の中で由美が祈っている。小谷は必死に由美に近づこうとするのだが、後ろから何物かに羽交い絞めにされているような、あるいは目の前に強いバリアを張られているような感覚でどうにも近づけない。そうこうしているうちに由美にひとりの医師と思《おぼ》しき人が近づいていく。医師の顔は影になってよく見えない。男なのか女なのかもわからない。小谷は必死になってその顔を確かめようとするが、やはりわからない。みると由美は体に大きな裂け目を持っている。赤黒い大きな裂け目。その裂け目のなかで何かが蠢《うごめ》いている。由美もその人に近づいていく。小谷は由美を止めようとするのだが、彼女に近づくことができない。「その人に近づいてはダメだ」。叫びながら彼女の手を取ろうとするが、由美はその手をすり抜けるように、その人の前に出た。その人の手が由美のおなかに伸びて、何かを取り上げて彼女に渡した。それは赤ん坊だった。由美はその赤ん坊をじっと見つめている。小谷はもう一度その医師と思しき人の顔を確かめようとした。それは小谷自身の姿のようにも思えた。

　なぜかこの夢はくり返される。

　この夢はどんな意味を持つのか。こんなとき小谷はいつも大山に助言を求めた。あるいは彼との議論のなかで自分なりに答えを探していった。しかし大山を失ったいま、小谷はひとりで自問自答するほかなかった。

　由美にはこの世での生への執着というものが感じられない。どんなことに興味があるのか。どんな生き方が理想なのか。そのような問いに対して彼女の答えはいつもあいまいだ。人格が移っていき、対面する相手には受け答えしているのだが、彼女自身の核心というべきものはどこにあるのか。この世で生きるにあたって、彼女はその核心なるものにしたがって生きねばならないはずだが、それがよく見えない。自分はどう彼女を支えてやればいいのか。理恵はフェニキアの女神という出自を背負いながら、この世で必死に自分の生を探す姿勢が見える。

　その人が属する集合体のなかで背負うもの、あるいはその中での習わしというか民族知とでも言えるものは、その人の葛藤にどのくらい作用しているのだろうか。ましてや女神ともなれば。由美にはたしかに、彼女が属する集団における役目のような、途方もなく大

郵便はがき

料金受取人払郵便

102-8790

麹町支店承認

9089

差出有効期間
2020年10月
14日まで

切手を貼らずに
お出しください

102

［受取人］
東京都千代田区
飯田橋2—7—4

株式会社 作品社
営業部読者係 行

【書籍ご購入お申し込み欄】

お問い合わせ 作品社営業部
TEL 03(3262)9753／FAX 03(3262)975

小社へ直接ご注文の場合は、このはがきでお申し込み下さい。宅急便でご自宅までお届けいたします
送料は冊数に関係なく300円（ただしご購入の金額が1500円以上の場合は無料）、手数料は一律230円
です。お申し込みから一週間前後で宅配いたします。書籍代金（税込）、送料、手数料は、お届け時に
お支払い下さい。

書名	定価　　　円	冊
書名	定価　　　円	冊
書名	定価　　　円	冊
お名前	TEL　（　　　）	
ご住所 〒		

フリガナ
お名前

男・女　　　　歳

ご住所
〒

Eメール
アドレス

ご職業

ご購入図書名

●本書をお求めになった書店名	●本書を何でお知りになりましたか。
	イ　店頭で
	ロ　友人・知人の推薦
●ご購読の新聞・雑誌名	ハ　広告をみて（　　　　　　）
	ニ　書評・紹介記事をみて（　　　　）
	ホ　その他（　　　　　　）

●本書についてのご感想をお聞かせください。

ご購入ありがとうございました。このカードによる皆様のご意見は、今後の出版の貴重な資料として生かしていきたいと存じます。また、ご記入いただいたご住所、Eメールアドレスに、小社の出版物のご案内をさしあげることがあります。上記以外の目的で、お客様の個人情報を使用することはありません。

きなものが乗っかっている感覚はあるのだが、それはともかくとして、彼女はこの世で母の和子と父の栄治と家族関係を組んでいるわけでもある。由美は何を頼りに、あるいは何を願って、何を求めてこの現実世界を生きているのか。何かあるのだろうと思うのだが、それが小谷にはピンとこなかった。何も願わない生などあるはずがない。そのなかでの葛藤、そして、彼女なりの未来への希望、そういうことを少しでも掘り起こして、彼女の「生きる力」につなげたかった。それが治療者としての小谷の使命だとも考えていた。

パテオ

まず小谷は以前に由美が東方病院の開放病棟にいたとき面談で掘り込んでいた、由美と和子がふたりだけで暮らしていたときのいわゆる「パテオ」での生活について、もう一度掘り込むことにした。たぶんここで、東方病院の当直室で小谷に見せたような強烈なヒステリー体質が育まれたはずだからだ。それを破らなければ彼女のこの世での本当の生はない。

「そのころ、母さんは由美さんにとってどんな存在だったの?」

「やさしかった。何でも許してくれた。でも、私は母さんの望むことしかしなかったのかもしれない。たぶん、そうです」

自分のおかれた立場への洞察と対処行動には結びつかなかったが、そのまずさを吟味できるこの言葉は由美の現実検討能力が復活しつつあることを示してもいた。そこで、小谷は思い切って質問をぶつけてみた。

「由美さんがお母さんの望まないことをやったとき、お母さんはどうだったの。それがいけないことだったら怒るかもしれないけど、それが由美さんの成長につながることだったら支持してくれたと思うんだけどね。その意味でこんなときには支持されたなと感じたことかある？」

この質問に由美は黙り込んでしまった。

「ちょっと質問がストレートすぎたな」と考え直して小谷はいくつかの周辺情報について確認していった。そこから透けて見えるのは、母である和子の葛藤が大きすぎて、まったく彼女の目が由美に向いていなかったこと、幼かった由美は現実的な同居人である母の思惑を窺《うかが》いながら生活するほかなかったことなどである。意識的にか無意識にかはともかくとして、和子は由美に従順であることを求めたようだ。由美は従順でいれば和子からそれなりのご褒美を与えられたし、それ以外に生きるすべがなかった。

では、和子その人はどんな性格を持っていたのか。小谷が見る限り、感情の起伏が激しく、いつも誰かに強く密着したり、対立する相手を見つけることで、自分のバランスを保っているような姿がうかがえた。そしてアルコールに陶酔し、それに助けを求めた。そこまでアルコールにのめり込まなければならなかった和子の葛藤とは、いったいどのようなものであったのか。

その洞察のために小谷はもういちど栄治に情報を求めた。

「和子さんとはどのようにして知り合われたんですか」

「ふたりとも同じある会社にいたんです。私は営業で、家内は経理。それほど多くの人がいた会社ではないので、ふたりは自然と話すようになり親密になりました。もちろん周りの人たちにも自然とその関係は知られます」

「そして結婚されたわけですね」

「そうです。結婚してもふたりとも相変わらずその会社にいて、やがて由美が生まれました」

「大山の実家に入る前と後では、和子さんの人柄はずいぶん変わってしまったんですか?」

栄一はしばらく考えていた。

「以前から感情の起伏は激しかったし、自分の夢想に浸りやすいタイプだったと思います。

そして、どちらかといえば、大山山麓の田園の暮らしにポジティブな思い入れを持っていたのは彼女のほうでした。実家にきた当初は彼女も地域になじもうと努力していたし、周囲にいくらか同じような若い奥さん方もいましたから、それほど困ってはいなかったと思います」

「由美さんの母親としてはどうでしたか？」

「普通に接していたように思います」

「奥さんと別れたあと、奥さんや由美さんと会うことはなかったのですか」

「拒否されていました。会えばたぶん、あの地域独特の、なんというか、宗教的なことと由美の役割のような話が出てくると恐れていたのだと思います」

「大山教団ですね」

「そうです。以前にお話ししたことと重なるかもしれませんが、すべて父の平吉が亡くなってから変わりました。土地の長老たちの態度も、母のエイもね」

「そのあたりももう一度詳しくお聞きしたいのですが、どう変わっていったんですか？」

「平吉は、大山教団が継承するものを自分の代で終わりにして、教団を解散してもいい、と考えていたフシがあるんです。長老たちも『仕方なし』という雰囲気だったんです。平吉は由美のことを長老たちに話していませんでしたからね」

「ああ、以前に窺ったことですね」

「そうです。由美が存在するということになると話が変わってきてもおかしくないのです」

「以前に大山さんから聞いた話の通りだと、大山教団は神を助けるヒルメあるいは大乳母をたてまつる集団ということですね」

「その通りです」

「したがって由美さんはその直系の継承者ということになる。そうですね」

「そういうことです」

「由美さんには、直接『お前はこんな運命を持つ身なのだ』とか、おっしゃったことはあるんですか」

「いえ、ありません。でも、和子には話しました」

「そのときの様子はどうでした」

「正直、驚愕していました」

「でしょうね。実家に帰るまでは、そのことについては話さなかったのですか」

「大山山麓に帰った後に話しました。でも父が生きているうちは大丈夫だったのです。父の意向は教団内でもひときわ強かったのです。父は終わりにしようと考えていましたから」

「繰り返しになりますが、それがお父さんの亡くなったあと、変わっていったということですね」

「その通りです。長老たちがね。教団の本分を通せる条件があるのだから、その方向で考えてくれないか、と私と母に迫るようになりました。強い調子で」

「それは、きつかったでしょうね」

「そうです。妻に話したのですが、あきれられました。母もだんだん追い込まれるふうになっていってしまいました。母と妻の間も険悪になりますし」

「そのあたりの事情は前回も窺いましたが、とてもきつかったでしょうね」

「そうです。私も参りました」

「ところで、由美さんは教団の本分を継承するものとのことですが、実際には何をやることになるのですか」

「それが私にはよくわからないんです。とにかく由美を一度長老たちの集会の場に出せとその一点張りでした」

「出したんですか」

「出しませんでしたよ。そんなことできるわけがない。でも、妻が出て行った直接の原因は間違いなくそれです。というかこれも以前にお話ししたかもしれませんが、どちらかと言えば私が出ていくように仕向けた面もあります」

「そうでしたね。それはお父さんもつらかったでしょうね」

「それは私の責任で考えなければならないことですから。でも、いま考えてみると、私が、『由美を一度長老たちの前に出してみないか』みたいなことを言ったのは、とんでもないことでした。そこは反省して家内には謝りました」

「なるほど」

小谷は少し間をおいて意を決し、あることを切り出した。

「ところでお父さん」

「なんでしょう」

「一度お母さんともお話ししたいんですが、いかがでしょうか。納得してくださるでしょうか。由美さんの入院中には何度かお話を聞いてはいるんですが。退院後はまだお話ししたことがないんです」

「わかりました。話してみましょう。私も先生が家内にお会いくださるのは必要だと思います」

やがて和子から小谷と面会してもいいという連絡が入り、クリニックにやってくることになった。

和子との対話

小谷は、和子と会うにあたり、もう一度由美と彼女が大山の実家を出てからあとの検証をはじめた。入院当時何度かおこなった和子との面談を思い出しながら。

ふたりだけで生活をはじめてからも、由美と和子のちぐはぐな感覚はずっと続いていた。和子は大山での生活に疲れ切ってぐったりしていたし、由美はなぜそのようなふたりだけの生活をはじめなければならないのか、よくのみ込めていなかった。

まず和子の変調が目立ってきた。ひどい憂鬱感がおそい、家事もできなくなった。ほとんど一日中床に伏している母に代わって、由美は学校から帰ると台所にも立った。しかし、やがて由美の精神も異常をきたす。言い知れぬ不安に襲われ、それから逃げるように食べはじめた。食べることは快楽だった。だが、少し太ってくると、それが無性にいやになり、次にはダイエットをはじめた。すると今度は体重を落とすことが快楽になった。そして、母から自分を遮断するように、過食とダイエット、つまり食物への欲望だけが彼女を動かすようになってきた。やがてその欲望は彼女のコントロールを外れ、食べ続けていることがわからず、知らぬ間に食べ続けてしまうようになる。しかし、太ることへの強烈な嫌悪感は健在なため、ひたすら吐き続けることになる。そして、いつしかそのワンセットが彼女の一日のうちで最も大切な儀式になってしまっていた。そうなるとちょっとやそっとでは後戻りできない。彼女は完全に食べ吐きに支配された。それに風穴を開けるのは容易ではない。和子は同じように、アルコールに支配されていた。

同じ空間にいながら、同じような空気のなかにいながら、お互いの様子を覗き見ながら、ふたりは別々のものに支配されていた。それがふたりの生活の姿だった。それぞれ別のものに支配されながら、お互いを監視し、一方で強い愛着を覚えるようになった。共依存の姿である。やがて由美の体はその生活に耐えられなくなり、崩れ落ちるようにして小谷が知らない前回の入院となる。そこに治療者としてA医師が登場し、由美と和子の間に割って入ることになる。A医師は認知行動療法によって、一度は由美を回復に向けた。しかし、和子によると、A医師は由美が自分に向ける感情に気づかず、その感情をあおってしまい、彼女と性的関係を持ち、病院を追われる。由美は退院し、もとの和子との生活に戻る。ある意味甘美なパテオでの生活に。そして由美の体は再び限界を迎え、多摩東方病院で小谷と出会うことになる。

クリニックで小谷は和子と向かい合った。

「お母さん、お久しぶりです」

小谷は和子に声をかけた。やや身構え気味になっているのが自分でも感じられた。和子は特にかまわないようだった。

「先生もお元気そうですね。由美がいつもお世話になっています」

和子の様子には以前よりもいくらか柔らかさが感じられた。しかし小谷はその柔らかさにも警戒心を抱いた。

「おかげさまで由美もだいぶ落ち着いてきたように思います」

小谷は相槌を打ちながら、最近の由美の自宅での様子を尋ねた。自分の認識と違いがないか確認しながら。次に少し彼女の幼少期についても質問してみた。東方病院入院中にも何度も試みたことだが、和子からピントの合う情報が得られることはまずなかったのだが。小谷は驚いた。このとき彼女は由美の幼少期からのことを詳しく語りはじめた。


小さいころから手がかかる子ではなかった。普通に砂場デビューも果たし、幼稚園に通い出しても、先生や周囲を困らせるようなこともなく過ごした。自分はそのころからパートに出たが、特に問題は感じなかった。小学校に上がり、それなりに友達もいたのだが、高学年のとき大山の山麓に移ってしまったので、環境ががらりと変わり、それは少しきつかったのだろう。それから自分との距離は何となく近くなったような気がする。彼女なりに慣れ親しんだものから離れてしまったので、少し環境に不安を覚えたのだろうと思う。

ざっとこんな感じだが、小谷は不思議に思った。由美の入院中に和子とはこんな調子で話ができなかったのだ。栄治の存在が和子の心を和《やわ》らげているのかな。そんなふうにも感じた。

「お母さんもあのころはつらそうに見えましたけど、今もどちらかの病院にかかられているんですか」

「今はA先生のお世話になっています」

「え、A先生ですか？　あのA先生？」

「そうですよ」

小谷は腰を抜かさんばかりに驚いた。

「由美さんと関係を持って病院を追われたというA先生ですよね」

「状況証拠はそろってましたから、疑って病院に告げ口をしたのは私です。でも実際のところはよくわからないんです。由美を問い詰めることもしませんでしたから」

「私には、そういうことがあったと、はっきりおっしゃいましたよね。ふたりがホテルに入るところを見たとか、はっきりしたことがあったんですか」

「いいえ。それはありません。でも私が留守にして、帰ってきたあと、娘の部屋にA先生のにおいが残っているような気がしたことが何度もあったんです。先生のためを思ってです。同じようなことがあっては困ります」

「それはともかくとして、お母さんはなぜ、A先生にかかられているんですか」

「A先生は私の話もよく聞いてくださいました。だからアルコールから抜けるためにどなたかに頼らなければならないと感じたとき、お辞めになった先生を探してお願いしたのです」

「そのことを由美さんは知ってたんですか」

「由美はずっと入院してましたし、そのときは主人もいなくて、私ひとりでしたので。自分で決めました。主人が私との関係の修復を求めてきたとき、そのことはちゃんと告げました」

「由美さんは知ってるんですか」

「もちろんです。私がA先生の診察を受けるとき、由美がつき添ってくれます」

「え！」

小谷はしばらく声を出せずにいた。

由美はA先生に会っているのか。関係を持っていたという先生と平然と。ちょっと待てよ。やはり変だ。和子の「由美とA先生が関係を持った」というのが、やはりそもそも嘘なのではないのか。というか、和子も真実はわからないと言ってるわけだし。でもやはり、由美と先生は関係を持ったのかもしれない。

小谷は混乱した。しかし、思い切って尋ねた。

「由美さんはそこまで信頼していたA先生にどうして、『もう一度診てくれ』と頼まないのですか」

「『いまは小谷先生にお世話になっている身だから私は結構です』、由美はそう言いました。A先生も『それでいいでしょう』とおっしゃいますし」

和子はやり取りをそう説明した。

「そうでしたか」

とりあえず小谷は納得した顔をした。

それにしても、やはりこの親子はよくわからない。下手な小説のひとつくらい書けそうな話じゃないか。母親がこの調子では、由美にはやはり還る場所がないのではないのか。

まわりに仲間も友達もいないみたいだが。由美はこれから現実のなかで誰かと強い関係性を持つことはできるのだろうか。この世の関係に救いを見出せないとき、その思いは、魂は、いったいどこに還るのだろうか。ぼんやりそんなことを考えた。

しかし、それにしても由美はA先生とのことを小谷に一言も話さない。「どういうことか」。小谷はもう一度由美との関係性を洗い直さなければと感じた。いま、由美とはわりと穏やかな面談ができている。しかし、それは彼女が話したいことだけを話しているからだ。まあ、それができるのは、現実検討能力が回復してきているからだ、といえば言えるのだが。ただ、カウンセリングをやっている立場からすれば、彼女を取り巻く状況をできるだけ具体的客観的につかんだうえで一番いい方向を探っていく必要があるわけだから、このままだと、また突然彼女の病理に引きずり込まれてしまう可能性がある。第一、それは病理ですむものなのか。もっと深く彼女を突き動かしているものを探らなければ、彼女を本当の意味でこの世に引き戻すことは不可能なのではないか。小谷はうっすらと、そのようなことも予感せざるを得なかった。

小谷の感情の変化

小谷は次第に由美を愛おしく思う自分に気づきはじめていた。閉鎖病棟にいたころには面談をするにはしたが、由美の心はなんとなくあちこちをワープしているし、小谷も彼女の心のなかに入り込めている気はしないし、身構えながら話を聞いていただけという風情があった。要するにそのころは何も前に進まなかった。閉鎖病棟にいる間は進める必要もなかった。しかし、今こうして実社会のなかで向き合うとき、何の因果か知らないが、キリトなる得体のしれない者に乳を吸われ、病院も追い出されてこうして小谷の前にいる。相変わらず彼女には得体のしれない怖さを感じはするけど、自分としては現実世界のなかで何とか彼女を救いたいという思いはある。しかし、それも「不憫だ」という感情までで、この子の将来に責任を持とうなどという感情はさらさらない。ないはずだと思っている。どちらかと言えば、あなぐらで空間を共にしている亮や深い対話を共にしている大山とのほうが深い感情の交流のなかにあるとも言えそうだ。しかし母親はあの調子だし、この子には誰も頼れる人がいない。何も頼れる存在がない。

由美との問答

由美は次第に日常の感情を取り戻しつつあるようだった。それは面談していてもよくわかった。そのなかで小谷は、由美の来歴、つまり小さいころどんな子だったのか、両親からそれなりの情報は得てはいたが、彼女自身の言葉として聞き出そうと試みたのだ。まだ抑圧と拒絶にさいなまれながらだが、いくつかの機会に次のようなストーリーを読み取ることができた。

小さいときはどんな子だったのか。

覚えている限り、小学校に上がる前後から、自分のまわりには数は少ないが、それなりにいつも一緒にいられる友達がいた。だからさびしくはなかった。病気がちでもなく、食べ物に大きな好き嫌いがあるわけでもなく、普通に過ごしていたと思う。自分がほかの子と比べて変わってるなと意識したことはなかった。ただ、両親についていえば、母の和子は由美を見てくれているという感覚はなく、いつも自分自身の夢のなかにいて、自分のことばかり気にする人だった。逆に父の栄治は、なにかと由美のことに気を使ってくれて、母のこともよく気づかう人だった。そういうことを感じる自分は、やはりどちらかと言えば父親似の、自分の夢に浸るというより他人を気遣うまわりに敏感な醒めた子だったのではないかと思う。

大山山麓に移ることに抵抗はなかったのか。また移ってからはどんな感じだったのか。祖父母の平吉とエイとも同居するようになったわけだが。

横浜のほうに友達もいたから正直いやだった。でも、高校からまた横浜のほうに出たので、学校に大きな抵抗はなかった。学校にもそれなりに友達もいた。祖父の平吉は好きだった。おおらかな人なのは子ども心にもわかった。やさしかった。亡くなる前、そばに私しかいなかったのだが、そのときのことは不思議だった。どこからともなく現れた医師と思しき人。その人が祖父の死を予言した。あれは夢だったのだろうか。

ひとりで留守番してると、知らない医者らしい人が入ってきて、この人は明日亡くなりますと言われたことだね。

そうです。あれは何だったんでしょう。おじいちゃんのなかの何かが私に何かを言おうとしたんでしょうか。とにかくそんな感じで祖父は大好きでした。父に似ていたかもしれません。逆に祖母のエイとはあまり心がつながらなかったように思います。おばあちゃんから話しかけてくれることも少なかった。というか、祖母はあまり誰とも話したがらなかった。すべてを拒否していた。いつも部屋にこもって、マリア様？　でしょうか、それをじっと拝んでいた。特に母とは相性が悪かったように思います。私の目にもそう見えました。祖父が亡くなって、一層その関係がこじれたんですね。父と母も言い争うようになりました。でも私は大山を出て母とふたりでどこかで暮らさなければならないのはとてもいやでした。母とふたりだけの空間にはたぶん耐えきれないだろうという予感があったのです。崩れてしまうそのあとのことも何となく見えていたような気がします。

なるほど。苦しかったろうね。ところで、由美さんは大山の集落のなかで特別な意味を持つ存在などと言われているようだけど、そのことを自分として意識したことはあるの。

横浜にいるときはまずありませんでした。大山山麓に移ってきても、最初は特に何も感じなかったのですが、村を歩いていると、まわりの人たちが「あの子だよ」などとひそひそ話をしたりするので、何だろうと思っていました。祖父からは何にも聞かされていなかったし、父も何も話してくれませんでしたけど、最後になって「お前はここを出たほうがいい」という言葉と一緒に「大山教団のなんのかの」という話を聞かされて、「何のこと?」ときょとんとしてしまいました。それまで私の耳にはそのことについては一切入りませんでしたから。でも、聞いてからはそのことはずっと頭に残っていました。私は教団のなかで何かを背負っている存在なんだ。

大山の実家を出てからしばらくして調子が悪くなり、A先生にかかったんだよね。

はい、そうです。

A先生には恋愛感情はなかったのか。

恋愛感情ですか。ありません。あのころ私は何とかお母さんから離れたかった。いやでいやで、たまらなかったんです。離れるためにはA先生にすがる気持ちはありました。先生ならなんとかしてくれるんじゃないかと信頼もしていました。でも先生は私から離れていってしまった。

いまお母さんがA先生にかかっているんだね。それについてはどう思う。

かまいません。私とお母さんが同じ先生にかかるというのは私のなかではあり得ません。いま私は小谷先生にかかっているんですから、それでいいんです。お母さんが誰にかかろうとそれはかまいません。

東方病院の閉鎖病棟にいたとき、由美さんは世界中のいろんなところで祈っている話をよく聞かせてくれていたんだけど、それは覚えているのか。結局それがアスカロン事件につながってしまったんだけど。キリトとか。

世界中の？　正直、あまり意識できていないんです。ときどきほんとうに部分的に思い出すことはあります。夢なのか現実なのかよくわからないのですけど、そんなことがあったような気もします。キリトですか。よく覚えていないんです。

アスカロンと聞いて何か感情に変化が出ないか。胸がざわつくとか。

特にありません。

そう答える由美の様子には特に高揚も動揺も感じられなかった。

「那美」と名乗って私に抱き着いたことも覚えていないんだね。

ええ、覚えていません。

そう答える由美の表情が今度は心なしかこわばるようなゆるむような妙なものに変わったように感じられた。小谷はいつもこのあたりで現実の話に戻して、面談を終える。

小谷は由美と那美を融合させようと苦心している。だが、考えてみるとこれはとても危険な作業ではないのか。そのはずだ。「那美」が永遠にさまよう魂で、それがこの時代には「由美」としてかりそめに現れている姿だとすれば、由美と那美の結合が成った瞬間に、この世にとてつもない得体のしれない何者かが再生することになる。自分はその目の前に一番近いところにいる。いまの小谷には閉鎖病棟のような防御網はない。診察室という場ではあるけれど自在な空間で、由美と一対一で向き合っている。閉鎖病棟で由美の過去へのワープにつき合っていても、アスカロン事件の直前まで特に自分の身に危険は感じなかった。いまはどちらかと言えば開放病棟で由美が怒濤のようにくり出してくる言葉にあえいでいたときに似ている。本当に大丈夫なのか。

小谷はその夜また夢を見た。由美が砂漠で祈っている。小谷がそれを見つめている。いつもの夢だ。ただこのとき、いつもと違うことが起きた。例の医師は現れなかった。そして由美が小谷に向かって何かをつぶやいたのだ。いや、そのような気がした。たしかに何かをつぶやいた。何かを訴えようとしている。小谷が近づいて聞き取ろうとすると夢は終わった。何をつぶやいたのかは、まったく聞き取れなかったが、いつもと違う終わり方をした。

小谷はふっと思った。由美には小谷のあなぐらのような場所はあるのだろうか。すべてを解き放ち、誰にも邪魔されない聖域。しかし、小谷は誰にも邪魔されないはずの聖域に他の誰かがいることを赦している。むしろ誰かがいるほうが安心感を覚えることさえある。由美はどうなのだ。そのような聖域を持っているのか。持っているとすればそれはどんな場所なのだろう。パテオなのか。でもそこには母がいて、決して気を許すことができない場所。では由美にとってのあなぐらはいったいどこなのだ。小谷は今までそのことに思い至らなかった。それがないとすれば、どんなに苦しいことなのだろう。

フロイトはすべての思いの底にリビドーを置いた。そして、理性の支配が外れると、人間のなかでは必ずリビドーが蠢きだす。この「突き上げてくる性的な色合いを持った得体のしれない衝動」はいろんな形を取り得る。東方病院の当直室での出来事を想い出せば、そのようなものと思える。ユングは違った見方をしている。もっとその人が民族なり集合体のなかで背負う「宿命」が衝動と結びついていると考えている。東方病院の「その場所」で起きたアスカロン事件のことを考えれば、そのような「宿命」めいたものかもしれないなと思える。あれはリビドー的なドロドロしたものとは思えなかった。宿命と言ってしまっていいのかどうかはともかくとして、もう少し、来るべきものが来たというすがすがしい透明感のようなものがあった。

いずれにしてもこの「得体のしれない衝動」を扱うには私たちにはどのような手段があるのか。とても医療や心理学で事足りるものとは思えない。いくらこの世の平面だけ見ていても無理な気がする。その人の原初的な煩悩《ぼんのう》や氏族・民族を貫いて流れる縦軸の黒々とした得体のしれない何かを扱える、あるいは鎮めることのできるもの、それは宗教と呼ばれるものなのだろうなと思える。宗教を洞察することはとても小谷の手に負えるものとも思えない。

小谷はさすがに独力での洞察に限界を感じつつあった。一度大山に会いたい。由美への対応を考えあぐねた小谷は久しぶりに会ってみたい気分が強くなり、一度実家を訪ねてみようと、思い切って大山に連絡した。

「大山さん、一度お邪魔してもいいか」

「ああ、どうぞ。先生も病院をお辞めになってからどうされているんだろうと、私も気になっていました」

大山の使命

電話口の向こうから聞きなれた大山の声がする。案外そっけなくも聞こえた。簡単なやり取りのあと、小谷は大山の実家に向かった。相模の平野を北上してややアップダウンのある畑が目につきだすと目的地は近い。見覚えのある由美の実家をやり過ごしてもう少し上がっていくと、大山の家の正面に出る。裏では森の道で由美の家とつながっていて、正面に回ってみると、いかにも明るい相模の平野が眼下に広がる。いつかの思いがけないその光景が広がっている。

庭先も案外きれいだな。手入れしてるのか。やや意外の感を抱きながら玄関のチャイムを押してみる。チャイムがあるんだ。入院中の大山の所作を考えるとそれも不思議な気がした。

「はい。ちょっとお待ちください」

聞きなれた大山の声。しばらくすると大山が現れた。と、おどろいたことに、その隣に大山よりかなり若い感じの女性が寄り添うように立っている。さらにおどろいたことにその横に男の子がいる。

「はじめまして、由香と申します。この子は翔馬と申します」

「翔馬です」

小学生になったばかりくらいかと思えるその子も挨拶する。驚愕する小谷の言葉を制するように、「まあ、入りましょう。説明させていただきます」。大山は涼しい顔をしている。奥に通されて、お茶が運ばれたあと、由香と翔馬は奥に引っ込んだ。

「どういうことなんだ」

「いや、じつは私も驚きました。実家に帰ってきて、『さて、どうすればいいんだろう。

このあたりのことは何もわからないしな』、と思案していたとき、この由香さんが訪ねてきたんです。聞くと、父に生前ずいぶん世話になっていたとのこと。世話になっていた以上の関係だったようで、ふたりの間には子どもがおり、それが先ほどの翔馬です」

小谷はあっけにとられて聞いていた。「それで」、小谷は何とか言葉をつないだ。

「それでね。由香さんが、父と同じように私の世話をさせてくれないか、というんですよ」

大山の家には、広い敷地内に母屋《おもや》とは別に、以前から人夫小屋や下女部屋のような別棟が備わっていた。由香親子はそこを住居としていたのだが、父が亡くなってのち一時親類の家に身を寄せていた。大山が帰ってきたのを機に、再度住まわせてくれないかと願い出てきたのだ。

「私は承知しました。私は、先生もご存じのように、男女間のことは無理ですから、賄《まかな》いやら掃除洗濯をお願いしているのですが、とても助かります。それにね」

「そうだよな」

小谷は思わず相槌を打った。大山が入院中からとても気にかけていたことが解決しているのである。

「そうです。翔馬君は大山教団を形成する私の家が持つ役目を継ぐ者ということになります。男子で、何というかサルタヒコ的に、由美さんの家から出る女子を守護しサポートする役目ですね」

「でも、言っちゃ悪いけど、本当にお父さんの子どもなんだろうね。大山さんとは腹違いの兄弟になるんだぞ」

「もちろんそれは心配でした。ですから、父と由香さんの間に本当にそういうことがあったのか、私なりに慎重に調べてみたんです。すごく年も違いますしね。でも、それは間違いないようです。相続の問題も発生はしますが、私は独り身でどこかに財産を受け継ぐ者がいるわけでもありませんし、逆に由香さんには父の財産を受け継ぐ権利が生じてもおかしくないんですが、私がそのことを認知したうえで親子の面倒を見るということなら、当面は問題にしないつもりだとのことです。私のほうも特に異存はありません。財産といっても私も持って死ねないですからね」

「いい話じゃないか。よかったね」

「そうです。だから私はこれまで通り本を読んでいればいい身分なのですが、最近は少し何かやらないとなと思い、畑をつついたりもしています。どこかに勤めるのはやはり無理ですからね。先生、畑はいいですよ」

小谷と大山は、しばらく入院生活や由美や理恵のことについても話を弾ませたあと別れたが、それからは大山もたびたび診療所を訪れて以前のように小谷と話し込むようになる。小谷もときどき大山山麓に大山を訪ねた。

多重人格

小谷は大山に最近気になることについて少しずつ問いかけていった。特に意見を求めたかったのは、個人の意識の底にある無意識と、その人が帰属する深さから発せられる無意識あるいはその役割から生じる「得体のしれない衝動」を扱うとき、宗教は私たちにはどのような手段を与えてくれるのか、その人の原初的な煩悩や氏族・民族を貫いて流れる黒々とした得体のしれない何かをどのように扱うのか、あるいは鎮めるのか、である。

しかし、大山の顔にはたちまち困惑の色が見て取れた。明らかにまごついている。「そうか。考えてみれば大山は宗教家じゃないのだものな。ちょっとその問いは私に問われるのと同じくらい困るだろうな」。しばらく会わなかったので小谷も大山に対する距離感を忘れていた。そう思い直して小谷は姿勢を変えた。小谷が考えることをぶつけてみてそれに対する大山の反応を見るというやり方だ。言い換えれば大山の分析力と知識を拝借するということだ。以前はいつもそうしていたではないか。それに由美と大山は宗教的に関係のある間柄なのは知れているし、その間柄に関わることで小谷は一度彼に裏切られている。大山もそこをつつかれるとやりにくいだろうし、少し慎重にやらないとな、小谷はそう考えて、多重人格者に対するときの彼の考え方を述べて意見を乞うた。彼は基本的に由美の葛藤の根源を母親との共依存に置いている。つまり激しく憎み合いながらも互いに深く依存している状況についてだ。それについて大山の意見を求めた。

「私は心理の専門家ではないからピンとこないのですが。小谷先生は、由美さんのヒステリーに関わる力動を母との共依存生活の結果と推測しているけど、ちょっと無理では。ふたりの生活はかなり大きくなってからのことだし、それだけでは、自分の腕を切り刻んだり、体にあざが浮き上がるほどの強い反応が出るとは思えませんけどね」

「たしかに我ながら少し無理があるようには感じるね」

「もっと小さいとき、場合によっては、それ以前の経験が遺伝子なりに刻み込まれて、生じるのでは。あるいは民族なりその集団が経験した出来事とかその使命とか。私にはそんな気がします」

「フロイトはあくまで人を個人としてみる立場からそれを否定しているけど、トーテムや民族に対してはそれなりの検証を積んだうえでそう結論している。突き上げる葛藤の源として編み出したのがリビドーだ」

どちらにしても由美の場合まったく人格が入れ替わってしまうのだが、このタイプつまり人格交替あるいは多重人格に対して治療を考えるとき、まず現実場面をとらえる必要がある。それは母とのやり取りしかない。それを舞台にしてまず現実検討能力の一番高そうな人格に呼びかけてそこを強くしていく方法をとるのが無難といえる。というか現実社会になじませようと思えばそれ以外に打つ手がない。多分そこでしか社会生活がこなせないわけだから、仕方がないといえば仕方がない。しかし、現実適応がまったくなされない別の人格にこそ、その人の始原的なもの、葛藤の根本が備わっていることが多いのも事実で、やはりそこは無視できない。根本的な人格の統合を目指すならそこを避けては通れない。

第一、多重人格というが、誰でも相反するさまざまな価値観を持っていて、それらが頭のなかでせめぎ合っている。ああでもない、こうでもないと考えはする。でもその人格たちがそれぞれ別の存在としてひとりの人間のなかで劇を演じる、その人格たちがそれぞれ遮断された個性を持って生活を始める。ある場面ではある人格に処理が任され、別の場面では別の人格が行動する。ひとりの人間のなかでそれらが物語を紡《つむ》いでいく。これは一体どういうことか。強烈なストレスなり脳機能の異常なり、その原因なり理由なり屁理屈をつけようと思えばたしかにもっともらしい理屈はいくつかつきそうではあるけど、やはりよくわからない。

ではリストカットする人格はどの人格なのか。現実的に検討すればリストカットという行為はあり得ない。しかし、その行為はその人の最も根源的な人格の赦しがなければ成しえない。リストカットというのはどういう意味を持つのか。葛藤の末の行為と思える一方で、民族的な踊りには自分の体を傷つけながら踊り狂うものがある。その人を文化の集合体の一員と考えるとき、その人の民族的な「血」とでも言える、その集合体を意味づける要素がその行為を導く。ではそれはどのような人格に現れやすいのだろうか。すべての人格に薄々と表れているのか、あるいはどこか一箇所に強烈に表れているのか。このことを小谷はくり返し考えた。その原初の人格と対話するすべを自分は持ち合わせているのだろうか。しかし自分は治療者であり研究者でもあるのだから、そこは何らかの普遍的な回答を得たい。

大山はこれらの問いかけには何も答えず、ふんふんっと相槌を打ちながら聞いていた。

「それと最近、以前によく見た、由美が砂漠で祈っていて私が近づこうとしても近づけないという夢を、これは話したことあったよね、またよく見るんだ」

大山はこれもうなずきながら聞いていたが、「何かの予兆かもしれませんね」、そうつぶやいた。大山は間違いなく何かを感じている。

観音との対話

その一方で小谷は夢でよく観音と対話するようになった。東方病院勤務中に夢に現れたウマヤドが連れてきた薬師堂の観音様だ。

「観音様はいま、どちらにいらっしゃるのですか？　ウマヤドも病院からいなくなったみたいですが」

「ウマヤドに連れられてあるところにいるんだよ。どこと教えることはできないけどな」

「旅を続けておられるんですね」

「ああ、ずっと続くよ。私たちはずっと救い主を作り続けなければならない。菩薩行のひとつだよ」

「ウマヤドも一緒に旅を続けているんですね」

「そうだ。ウマヤドはこの国の『救い』を任されたものだ。彼は仏教者ではないが、私たちに限りなく近い宗教家だよ。とても複雑な身の上を持つものだ」

「観音様とウマヤドはなぜ海を渡ってこの国においでになったのですか」

「そうだね。最初からこの国を目指したのではない」

「というと」

「私たちは西の高みからやってきた。私たちに限らずだが、まず中華の大陸で大きな仕事をしようと志す。何といっても一番やりがいがあるからね」

「わかります。まあ、普通はそうでしょうね」

「でも、それがうまくいかないとき、何かをなそうとするものは、とりあえず少し引いて山や島に身を潜《ひそ》めるんだ。とにかく中原《ちゅうげん》で何かをなすのはとても難しいからな。たいてい追われる身になってしまうしね。そこで挽回の機会をうかがうんだ。ここでいう島とは、お前たちの呼び名でいえば、済州島や対馬・壱岐や沖ノ島や隠岐の島などになる」

「なるほど」

「ただ対馬・壱岐は少し大きすぎるし、大陸とこちらとのストレートな経路上に位置しているから、隠れ場所にはなりにくい。その点、沖ノ島や隠岐は最適だ」

「たしかに隠岐の島は隠れ場所としてピンときますね」

「ところで隠岐の島はもともと御木ノ島といわれていたんだ。知ってるか?」

「え、そうなんですか」

「そうだ。神代とでもいうのか、そのころあの島には名高い巨大な生命樹が鎮座していた。大きな木はいろんなものに身を隠す場所を与える。守りかばうんだ」

「なるほど。なんとなくイメージできますね」

「だろ。第一、生命樹は巨大だから、その一番上の葉たちは絶えず強烈な紫外線や放射線に焼かれている。焼かれながらもその下にいる者たちを守っていたのさ」

「それで大きな木を見るとありがたい気持ちや慈悲の思いが湧いてくるんですね」

「そういうことだ。そしてね、いろんなものを隠す」

「隠すんですね」

「そう。隠す」

「例えば、何を隠すんですか」

「まあ、いろいろとね。実際隠岐の島には後醍醐天皇とか名高い人たちが流されて庇《かば》われてきた。人を隠すこともあるし、人に知られてはならないものを隠すこともある」

「人に知られてはならないもの、ですか」

「そうだ。例えば、最近お前たちのシステムの世界遺産に指定された沖ノ島があるだろ」

「はい」

「あの島には男しか入ることが許されない。しかも、その前に素っ裸になって海に入り、島の指定された装束を身につけなければならない。本来はね。なぜか、わかるか」

「いわゆる禊《みそぎ》ですね。あの島の沖津宮には宗像三女神の一体が祀られていて、その神に対する敬意を表していると教えられているように思いますが」

「まあ、そういう理解も間違いではないけど、本来は、自分はこの島には何も持ち込みません、この島からは何も持ち帰りません、と誓う意味がある」

「へえ、それは知りませんでした。どういうことでしょうか」

「それを教えることはできない。勝手に想像しなさい」

「はい。わかりました」

「でも、神のルールはすべてきちんとした法理にしたがってできあがっている。一見理不尽だけどね。逆に女でないとゆるされないこともたくさんある。生き物の体には多くのルールが隠されている。むかし多くの生き物は木の上や高い枝の茂みのなかで生きていた。だから木が持つのと同じルールを持っていたし、それをよく理解していた。一心同体だったんだよ。原初の人もね。大昔の地上は今よりもっともっと危険だったからね。木の上はいくらか安全だったんだよ」

「それが地上に降りるようになって、だんだん忘れられていったんですね」

「その通りだ。だからさっきも言ったように、大きな木の下では人は守られているような安らかさを感じる。そこには神の意志が降り注いでいる。もっと敏感に気づけば神の意志を読み取ることができる」

「なるほど。なんとなくわかる気がします」

「お前は医療者ではないのか。仏もともとをただせば癒し人、その本質は医療の技を施すもの。だからお前は私たちの末裔でもあり、もっといろんなことを真剣に感じ取って周囲の人たちに伝えなければならない。お前たちはそういう義務も負っている。それを忘れてもらっては困る」

「恐れ入ります。がんばります」

「それはそうとして、そのようなものをあの沖ノ島はかたくなに守り続けている」

「でも、そこまでして隠さなければならないものが、あの島にはあるということなんですか」

「そうだ」

「それはどんなものなんですか」

「それを教えてやることはできない」

「残念ですね」

「ひとつヒントをやろう。じつは地上に近いところではほとんどの石や岩も元々は樹木からできたものなのだ」

「そうだったんですか」

「そうだ。だからさっき話した神の意志は木にも岩にも同じように通じる。ただ、そうではない石がある」

「それは」

「隕石だ。これは私たちの星の外からやってくる」

「そうですよね」

「だから私たちが知らない星の外の情報をたくさん持っている。大きく宇宙のなかではそれも情報交換の役割を持ったひとつのネットワークというかシステムなんだけど、とにかくこの星で皆が共有している知識、情報とは別のものを持っている。もちろんそれも宇宙全体から見れば共有されたもので、将来はこの星も持ち得るものなんだけどね。それはときとしてこの星の運命に関わる情報の場合もある」

「なるほど。それは公にしてはならないものが多いということですね」

「その通り。そこまでしか言えないけどな。それともうひとつお前たちが知っておいた方がいいことを教えてやろう」

「ありがたいことです。何でしょうか」

「島の大切さだ」

「島？　ですか」

「そうだ。島だ。いいか。島は海を航海する者にとってとても大事なのはよくわかるだろう」

「はい」

「そしてそれは天空の航海者にとってはもっと大きな意味を持つ。でもその存在を最も神経を集中して見つめているのは時空の旅人だ。すべての島にはそれぞれに成り立ちにかかわる物語があり、それは時空のなかで大きな意味を持つ。お前たちの国の原型はおよそ二千万年前に大陸から徐々に離れることによって形作られ、現在は六千八百あまりの島から成り立っている。そのそれぞれに大きな存在する意義がある。山のうねりや川の流れと同じようにね。時空を旅するものにとってその物語を読み解くことは何よりも大切なことなんだ。それはお前たちが存在する必然性と密接にかかわっていることでもある」

「何となくわかる気もしますが、スケールが大きすぎて少しピンと来ません。観音様にはその必然性が手に取るようにおわかりになるのですか」

「いや、私にもはっきりとはわからない。私たち観音は菩薩行を通してお前たちと一緒に悩み苦しむものだからな。宇宙とも通じている創造神や如来さまならすべてわかるのかもしれないけどな」

「あまり知らないほうが気持ちよく過ごせそうですね」

「まあ、そうとも言える。でも、お前たち人間にも、私と同じ程度にはそれを感得できるものが現れる。それが救い主であり、真の宗教者だ」

「なるほど」

「そうだ。それはともかくとして、話を戻そう。大陸に戻る機会が得られないとき、島のその向こうに大きな大地が広がっていればそこで事をなすのもいいかなと思うだろ」

「それもわかりますね」

「そうしてこの国にやってきたのが、ウマヤドなのさ」

「複雑そうですね」

「そうだ。私たちは古いぞ。この世を生命樹が覆っていた時代からいる。すべてを生み慈しんだ母なる生命樹がこの世を覆っていた時代からだ。私たちを拝むとき、お前たちは何とも言えない、守られているような、安らかな気持ちになるだろう。さっきも触れたけど、あれは生命樹の時代の記憶がそうさせるのだ」

「そうですね。わかります」

「私たちは多くを知っているが、教えてやれることとやれないことがある。私たちは予言するものではない。また、運命や使命を決めるものでもない。運命を決めるのは、オオクニヌシたち、地下と縁をもつ神たちだ。私たちはその運命に従って必死に生きる人たちを助ける役目を持つ。千の手や十一面の顔を持って努力する君たちを助け導くものだ」

「なるほど」

「私たちは、観音にでもなるし、マリアにでもなる。それはどちらでもいいんだよ。イスラムにも私たちのいとこはいる。古代アラビアの昔からいるイナンナやイシュタルテ、アスタルテ。みな同族だ。今は強大なアラー神の陰に隠れているが、これらもまたこの世にあらわれることもあるかもしれない。イスラームの教えも多くを古代アラビアの法理から得ている。そこを根本として生じている。あまり話しすぎるのもよくない。このあたりでさらばだ」

夢の観音様はなぜいままでも小谷のもとに現れるのか。見届けたいことがあるから来るのだと言っていたが、由美とキリトの一件を見届ければもう自分に用はないようなものだが。小谷は不思議に思った。

小谷の来歴

小谷は郷里に近い地方大学の医学部の出身者だ。彼の時代、医師は卒業したらいきなり内科なり外科なり、まずどこかの科に所属して、そこで研修を積まなければならない仕組みになっていた。すべての科を回れる研修医の制度は彼の時代にはなかった。もちろん所属する科を途中で変更することはできたわけだが、それは大きなリスクを伴う冒険になる。慣習を破ることに対する白い目もある。したがって卒業後どこに属するかは慎重に選ばなければならない。彼は医師になるにあたり生命と人間の知の根源をさぐる分野で働きたいと考えていた。これはあとでよく考えると臨床医の仕事からはかなり外れている。本質的には基礎医学なり哲学の領域の問題だ。しかし根源の探求に決定的なこだわりがあるというよりまず臨床医になることを前提に考えていた小谷は、そのあたりを煮詰めないまま前に進んだ。漠然と「人間の知の問題」ということで、まず精神科が頭に浮かんだが、「精神科というのは精神病ばかり診るところで、精神ましてや人間の生き方の探求をするところではないし、生命の基本である体のことはほったらかしになるし、結局薬の使い方の勉強ばかりになるぞ」という先輩の言葉を受けて、「そうかもな」と入局をやめた。たしかに精神科の勉強と仕事というのは「人間の知の根源を探る」ことには直接に関係はしないのではないかという思いには比較的簡単に至った。「お前、そんなこと考えてるんなら医者やめて哲学科にでも行け。少なくとも臨床医になるのはやめろ」という先輩の言葉はいかにも重く響いていた。外科系はさすがに違うだろうと最初から頭になかったのだが、よく考えてみると、生命の刹那を自分がメスを持つことによって直接左右させることができるというのは、じつはかなり哲学的なのではとも思えたが、やはり向かないと気づきやめた。

結局、とりあえず体全般の知識が得られるということなら内科だろうと、考えるのはそこそこに内科の教室に入局した。しかし入った教室はがんの研究が盛んなところで、小谷も研修時からがんの患者をたくさん受け持たされた。これは彼にとっては想定外のことだった。がんの患者は言うまでもなく死と隣り合わせにいる。特に大学病院に入院してくるような患者は死と直面している人が多い。したがって患者を診ている医師なりスタッフも絶えず死と直面していることになる。この状況そのものが小谷にとっては想定外だった。彼はもっとゆったりした環境で生命を俯瞰《ふかん》したかったのだ。しかし臨床の場にいる医療者にはそんな暇は与えられていなかった。ただ、この状況はあろうことか、彼に多くの哲学的な場面を提供した。例えば当時のがん患者には本人にがんであることを告げないことが多かったのだが、それはたちまち患者にふたつの顔を持ちながら接するという非日常的な、いや、ある意味日常的な状況を提供してしまう。これはじつは由美のような多重人格を思わせる患者が医師や周りの人にいくつもの顔を使い分けながら接しているのと同じ、あるいは医師・患者関係でいえば逆の状況を作り出す。そのような多重人格的関係のなかで事が進んでいく。これを哲学的と言わずに何というのだろう。そのようなとき小谷は白血病患者の少女と出会う。あまりにも純粋な少女。小谷はその子を救うことができず、病名も告げることができず、闇のなかに残したまま事が済んでしまったという大きな悔恨に沈んだ。そのあと彼はがん治療と決別し、当時知られはじめていた心療内科の門をたたく。心療内科なら何か答えを持っているのではないだろうか。そう考えた。

小谷は時としてあなぐらのなかでそのころのことに思いをはせる。心療内科に入りたてのころ、当時T大学心療内科の多くの医局員が参加していた小此木啓吾が主宰する精神分析セミナーに通った。そこで彼は精神力動、つまり患者に働くさまざまな圧力をどう解釈するか、その結果患者にはどのような症状が現れるのか、それを治療者はどう扱えばよいのか、などについて多くを学んだ。しかし、実際目の前の患者と対峙するときそれは多くの参考にはなるが、結局それでは完結しない。認知心理学や神経生理学（脳機能）の知識を加えてみてもやはり完結しない。理論が純粋であれば必ず現実とはずれてくるし、理論を緩めに取れば別にそれにこだわる必然性はないではないかということになる。小谷はやはり自分で手探りしながら進むしかないのだろうと悟った。

その場所にて

小谷は東方病院の常勤を辞したのち、月の半分は実家のある地方の診療所に勤めるようになっていた。医院では特に心療内科を標榜するわけでもなく、今まで通り近所のお年寄りを中心に診療を続けた。一方都内では相変わらず心療内科のクリニックを続けていた。

東方病院にも決して出入り禁止になったわけではなく、来客あるいはOB医師として院長と話すこともあり、敷地内を逍遥することもあった。「その場所」に足を運ぶこともあったが、院長もしきりに不思議がる。

「あれはいったい何だったんだ。幻聴と妄想に侵された男女の患者の性的逸脱行為を主治医が抑えることができなかったことに対する管理責任を問うた、という形にしたんだけどね。小谷先生にも由美の内なる声が聞こえていて、先生もその声に応答していたとか言ってたけど、そうだったの？　先生も幻聴が聞こえるのか？」

「いや、あのときだけでした。幻聴とは思えませんでした。自分の最も深いところに何かが強く作用して、その結果自分も自分のなかで声を発した、みたいな変な感覚でしたね」

「まあ、妄想とか幻聴とか幻覚っていうのは、体のどこがどう働いて発せられてるのか、誰もまともに説明できている人はいないわけだけどね。一応ドパミン仮説とか生化学的な推論があって、それを調整する薬を使えば、たしかにそれは弱まるんだけどね。結局、なぜ『盗聴されている』と感じるのかとか、目の前になぜ小人がいなければならないのかとか、具体的には何も説明できていない。逆に、本当はそこには小人がいて、私たちの多くはそれを感じ取る、見ることができない、というだけなのかと思うこともあるね」

「それにあのアスカロンの件には他に看護師のユリアがかかわっていたり、大山の妙な動きとか、ユージンやウマヤドの実際的な関わりとか、ふたりの患者同士の妄想では片づかない何かがあるんですよ。みな、事が終わるといなくなっちゃったし」

「たしかにね。先生の妄想だけじゃ片づかない。奇妙なことだったね」

「何か大きな力が働いた、と思えなくもないです。それは何なのか、まったくわかりませんが」

ふたりは首をかしげるばかりだった。

亮の決心

亮は小谷が東方病院を辞職した後はクリニックのほうにはあまり顔を出すこともなく、小谷との関係は希薄になっていた。もともと東方病院を訪れるのも大山と話すのがおもな目的といえなくもなかった。小谷とは、おもに理恵との関係や葛藤について話していたのだが、彼女と結婚して同居をはじめ、その必要をあまり感じなくなったこともある。ときどき理恵につき添ってクリニックを訪れた際、「どうしてる」、と声かけされるくらいのものである。ただ、小谷と亮が共有している居場所「あなぐら」ではときどき顔を合わせるが、そこではふたりともじっとうつむいているだけで言葉を交わすこともない。

一方、亮と大山の親密な関係は続いていた。亮は大山の自宅まで出向いてでも、と提案したが、それは大山がいやがり、結局厚木あたりの喫茶店で長話したりしていた。

「大山さんも小谷先生が病院を辞められてからはあまり会われていないんですか」

「ずっと会ってなかったんだけど。なんとなく、やはりね、迷惑もかけちゃった気がしていたし。でも、先日先生のほうから訪ねてきてくれて会えたんだ。うれしかったな」

「そうだったんですか。よかったですね」

大山はうなずいた。

「亮君はどんな感じでやってるの。理恵さんとはうまくやってるんだろうけど」

「彼女とは特に問題はないです。相変わらず彼女はぼくの女神だし、子も授かったし、淡々と、というか、何とか子どもを育ててあげなければなと考えています」

「宇海《うみ》ちゃんと言ったっけ」

「そうです」

「どっちが名づけたの」

「ぼくです」

「どんな意味があってその名にしたの？」

「理恵は海の女神です。その子でしかも救い主だというから、それをイメージできる名前がいいかなと」

「救い主か。どうなのかな。由美さんが口にしたことだけどね。たしかに私にはそう聞こえた」

大山は、彼の目の前に現れた大乳母の姿の由美から、言葉とも何ともつかない形で伝えられた、そのこととそのときの様子をもう一度思い浮かべてみた。

「伝えられたのは自分しかいないみたいだから、もしそれが何かの錯覚だとしたら、いったいどうなるんだろう」

大山は亮にそんな不安も伝えた。

「それならそれでいいじゃないですか」

亮は笑っている。

「それもそうですが、こちらの悩みも少し聞いていただけますか」

「なんだ」

「実は私は大学の文学部に所属しているんですが、来年度から学部が統合されて地域教育学部ってのになるんですよ」

「ほう、教育学部と統合されるんだね」

「歴史の学び方を教えろということです」

「ほう、歴史の学び方ねえ」

「変でしょ。学び方は学生がそれぞれ考えなきゃいけないと思うんですけどね」

「たしかに学び方を教えるというのは、いかにも難しそうだな。自分のやってきた方法を示せばいいんじゃないのか。自分の研究の手法をね。それしかなさそうだね」

「どうもそれじゃだめらしいんです。もっと包括的に、最も正しいやり方で正しい歴史を示せ、ということらしいんです」

「正しい歴史というのはいかにも難しいな。それはあり得ない。困っちゃうね。正しい方法というのもね。それに、その内容を教育学部の先生が覚えてしまえば、亮君はいらなくなってしまうね。教え方とその内容についてもう少し突っ込んでいえば、ＡＩが発達すれば教育学部も含めて先生そのものがいらなくなっちゃうかもね」

「そうなんです。お払い箱にされるんじゃないかと思って気が気じゃないんです。リストラの都合のいい口実にしか思えないんですよね」

「ひどいな」

　少々の愚痴のあと、亮と大山の話はいつものように地中海世界へと流れていった。

第二部　邂逅

そもそもの物語の始まり

このところ小谷は由美が祈る夢をほぼ毎日見るようになった。例の夢だ。

砂漠で由美が祈っている。小谷は必死に由美に近づこうとするのだが、うしろから何物かに引きとめられているような見えない壁に阻《はば》まれているような感覚でどうにも近づけない。そうこうしているうちに由美にひとりの医師と思《おぼ》しき人が近づいていく。男のようだが、男なのか女なのかはっきりとわからない。その顔も影になってよく見えない。小谷は必死になってその顔を確かめようとするが、やはりわからない。由美はお腹に大きな裂け目を持っている。赤黒い大きな裂け目。閉じ切らないその裂け目のなかで何かが蠢《うごめ》いている。由美もその人に近づいていく。裂け目を揺らしながら近づいていく。小谷は由美を止めようとする。「その人に近づいてはダメだ」、叫びながら彼女の手を取ろうとするが、彼の体は動かないし、由美はその手をすり抜けて、その人の前に出る。その人はかすかにうなずいた。その口元でちろちろと赤い舌が動くような気がした。その手が由美のお腹に伸びる。そして何かを取り上げて頬ずりをすると彼女に渡した。それは赤ん坊。小谷はもう一度その人の顔を確かめようとした。あなたは誰なのか。声にはならなかった。
小谷は由美にというでもなくその人にというでもなく声をかけた。

その子をこちらに渡してくれませんか。

その人はそれには答えてくれなかった。
小谷は由美とパテオをさまよう夢もよく見た。

あなたがパテオの中で出口を探してさまよっている。
出口はすぐそこにあるのだが、
あなたにはそれが見えないのか、
それを見つけ出すことができないのか。
私はあなたを助けることができない。
奥から赤黒い恐ろしいものがあなたに迫ってくる。
あなたはそれに飲み込まれようとしている。
早く逃げなければ。

ある日、小谷はクリニックで由美の言葉に耳を傾けながら、病院の夜の当直室で起きた出来事に思いをはせていた。

患者は当直室を訪れてはいけない。しかしその夜、由美はこっそり当直室に小谷を訪ねた。小谷はドアを開けるのをためらったが、その深刻な声色が気になり開けてしまった。部屋に入るなり由美は小谷に抱きつき乳房と下腹部を彼にこすりつけてきた。彼女の不穏な動きに気づいて病棟からあとをつけてきた看護師の美里がすぐに飛び込んできたため、それ以上のことには至らなかったのだが。次の瞬間には由美は小谷の腕のなかにガクガクと崩れ落ちた。ベッドに横たえられた彼女の右腕は赤く腫れあがり、小谷と美里は恐怖のまなざしでその腕を見つめることになる。

しかし、あのとき美里が飛び込んでこなければ、そのあとはどうなっていたのだろう。単に性行為が進むということだけでなく、由美と自分との過去が大きく開いていったかもしれない。そんなことも考える。そのとき、恐怖に震えながらだが、小谷は自分に奇妙な感情が芽生えるのに気づいた。彼女に触れられたとき何かしら懐かしさのような感情が湧いた。なぜだ。あの懐かしいとしか言いようのない感情は何だったのだろう。美里が飛び込んでくるし、由美の様態がすぐにただならぬことになったので、その感情は一瞬で消えてしまったが、もちろん忘れはしない。あれは何だったのだろう。

自分と由美の間には何か過去があるのか。そんなことを確かめたくて閉鎖病棟での彼女の過去への旅路に辛抱強くつき合ったという面もある。しかし、抱きついたことさえ覚えていないという彼女にそのときの感情を聞いても何も答えは返ってきそうになかった。そのためこれまで彼女にはっきりした形で糺《ただ》したことはない。けれどやはり自分は以前からこの子「由美」を知っていたのではないのだろうか。そのことも確かめてみたかった。

「あの当直の夜のことなんだけどね」

小谷は、「今なら」と思い言葉を発した。現実検討能力の高まった今なら、あの晩起きたことを客観的に認めて何か情報が得られるのではないだろうか。そんな期待もあった。

「さあ、よく覚えていませんけど、大変なことをしちゃったみたいですね」

あっさりした感じでそう答える由美だったが、その眼の光はどこか見覚えのあるものだった。砂漠で祈るときの由美の眼ではないのか。しかし、ほどなくその様子がみるみる変わってきた。苦し気に体をガクガク震わせ、突然ガクンとうなだれた。小谷は慌ててスタッフを呼びに立ち上がろうとするが、体が動かない。声も出ない。あの当直室の夜と同じ感情が小谷に満ちた。やがてそれは聞こえはじめた。

ある日いにしえ

私はナーミ
あなたの妻であるところのナーミ
私とあなたは
大きなナツメヤシの木陰で
来る日も来る日も激しく愛し合った

そう
パテオのようなその場所です
あなたもご存じでしょう
回廊の真ん中にはナツメヤシの茂み
美しい泉からあふれる水
小さな流れを作り

それがちろちろと心地よい音を立てていた

でもその泉の奥には
恐いものが潜《ひそ》んでいることは
私もあなたも知っていた
私もあなたもそこには近づかなかった
私とあなたのすべての始まりであり
すべての終わりであるその場所

朝、あなたは戦場に向かい
夜、私のもとに帰ってきた
私の腕のなかで
その日の戦を物語りながらあなたはまどろんだ
私はあなたの体についた無数の傷のひとつひとつに
唇を押しあてる
あなたは

痛いじゃないかとしかめ面をしたけど
顔を見合わせては笑いあった
そんな日々が続いた

ある日
あなたは旅立ってしまった
約束の土地とあなたがいう場所へ
一緒に行ってはいけないのと尋ねると
ここに残れ
民族のために女神となってここに残れ
あなたは私にそういった
私はあなたの言葉にしたがった

あなたは約束の地というカナンに
旅立っていった

そこには
カナンには
何が待っていたのですか
私はあなたの言葉にしたがって
女神ウラニアとなって
このアスカロンに残りました

さあ
おっしゃって
カナンでは
何があなたを待っていたのですか

オー
ナーミ
私はコー・ダーニ
あなたの夫であるところのコー・ダーニ

さて
私はあなたの息子であるようにも感じる
なぜだろう
この感情は何だろう

とにかく
ひさしぶりにあなたの声を聞いた
お答えしよう
あなたから授かった剣と弓と槍を携え
私たちの民族のために
私はカナンに旅立った

新しい土地で何かが始まる
何かが待っている
そう信じた
そう信じたからこそ行ったのだ

未知の土地へ
仲間とともに

でも何も変わらなかった
そうだ
私はカナンでも戦いに明け暮れた
来る日も来る日も戦いに明け暮れた
エジプト人に率いられた強い氏族がいて
私たち一族はいつも追いつめられていた
戦うたびに
仲間たちは次々と倒れていく
私もいつしか強い力で打ち倒された
私にはしばらくそのあとの記憶がない

そして
砂漠であなたの姿を見た

私は思わず駆け寄った

でも
私はあなたに近づくことができなかった

気がつくと
強く打ち倒された私は
どこやら暗い闇のなかにいた

私のいるところはこの世なのか
私はまだこの世にいるのか
あるいは
あの世とやらに送られてしまったのか
この漆黒の闇は冥界のそれなのか

しばらくすると

その暗闇にも目が慣れてきた
そのうすぼんやりとした闇のなかに
もうひとり誰かをみた

私はその人に問いかけた

ここはどこなのですか
この世なのですか
あるいはそうではないのですか

心配なさるな
ここは船の船底です

この船はどこに向かうのですか
ひょっとしてあの世とやらに向かうのですか

その人は答えた

この船は
新しい土地に向かうのです

ふと見上げると
明かりがさしていた
うすぼんやりとマストが見えた
そうだ
船のマストが見えた
マストの先端がわずかに光っていた
そこには誰かの気配があった

そうだ
ここはたしかに船底だ
船はまさに出航しようとしていた

やがてギーッという音とともに
私たちは海に出た
船はどこに向かうのか

船は何ものかに導かれているようだった
女神？
だれも追ってはこなかった
エジプト人に導かれた氏族も追ってはこなかった
いつもはうるさくつきまとう
アテナイの軍船もまったく追ってこなかった

私は船底の暗い部屋でじっとうずくまっていた
そうだ
そこはたしかに船底だった
遠い記憶がよどんでいる
ずっと遠い記憶のなか

そうだ
私はこのようなところに覚えがある
そうだ
いつもうずくまっていた

あなぐら?
そうだ
ここはあなぐらと似ているな

部屋にはたしかに人の気配がした
お互いに顔を向け合うことはなかった
でも
そこにいるのは
私の知りたる人
そのような気がした

船はやがて島にたどりついた

「クリームのような
神々しく濃密な泡が
ピンク色の岩と岸壁の下で
緩やかに傾斜した浜辺に
打ち寄せては
沸き立っている」

そのような砂浜だった
私はそこで船を降りた
誰かと誰かが
さざめき合う気配がして私は船から降ろされた
そのあとに
ほかの誰かが船に乗り込む気配を感じた

オー
ナーミ
その浜辺であなたは私を待っていた
私は再びあなたの胸のなかに還った
私は再び深い眠りに落ちた

そこで、小谷は我に返った。由美が不思議そうな顔をしてのぞき込んでいる。うすぼんやりした小谷の意識にも、次第にはっきりとその顔がとらえられる。しばらく沈黙が続いた。小谷の意識がはっきりしてきたのを見て、由美が少し目をそらした。

「ナーミ」

小谷は思わずそう声をかけた。

「それ、誰ですか」

怪訝《けげん》そうな由美の声。

小谷はまだ夢からさめきれない面持ちでいる。

「ごめん。夢を見ていたようなんだ。そのなかであなたはナーミと名乗っていた」

「ふざけないでください。私は先生と夢を共有した覚えはありません」

「そりゃ、そうだろうね。悪かった」

とりあえず小谷は謝った。しかし、東方病院の当直室で由美は、たしかに那美《ナミ》と名乗って小谷に抱きついてきたのだ。

意を決して、小谷はもう一度由美に尋ねた。

「あの夜のことは本当に覚えていないのか」

「覚えていません」

由美の答えは、またしても、あっさりしたものだった。問いただそうとすると、「わかりません」と言葉をさえぎってしまうので、結局核心まで話が及ばないということが何度かあった。今回もやはり核心には届かない。小谷は今回もあきらめざるを得なかった。

しかし、由美が閉鎖病棟に移される直接の原因になった事件なのだから、いずれきちんと分析する必要があるにはあったのだが、どちらかといえばそそくさと彼女のほうから進んで閉鎖病棟に身を隠したというふうでもあった。由美は那美の存在に直面させられるのを恐れているようにも思えた。意識的になのか無意識になのかはともかく。だが、あの夜、看護師の美里も人格が変わった由美を見ている。たしかにそのことはあったのだ。そこで小谷は、自分が今のいま目にした夢かうつつかわからない光景について由美に話した。

「那美さんになり代わったと思われるナーミという古代シリアの王女と、朦朧《もうろう》とした意識のなかで物語を紡《つむ》いでいたのだ」

小谷はずばりそう告げた。

「これはひょっとしてあなたが私に見せている夢なのか」

由美は特にひるむ様子は見せなかった。

「先生はそういう妄想状態にいたんでしょうけど、私がそのような状態を共有した覚えはありません」

またしてもそう言う。でも、このとき、由美はわずかに反応して言葉をつづけた。それは、自分の覚えのないところで自分が何かをしでかしているという経験はよくある、というものだ。「そのとき、あなたは那美と名乗っているようだが」とたたみかけると、「その子については私にはよくわからない」と言う。それ以上は押し問答になるし、由美はもう勘弁してくれという顔になっているので、小谷もそこで話を収めた。だが最後にもう一度確認を求めた。

「現実として私に抱きついたのに、目の前の私に対する感情はまったく働かなかったということか。じゃあ、あの抱きついてきたのはいったい誰なのか」

しつこいなという顔にはなったが、由美はやはり何も言わず黙っていた。返ってくるはずのない答えを求める自分に苛立《いらだ》ちながらだが、小谷自身の由美に対する感情は少し動きつつあることがはっきりと確認できた。彼女に対する私のこの感情は一体何なんだ。自分には妻もいるし女性を好きになった経験もある。けれどこの感情は何かが違う。抗しがたい懐かしさと後悔と強い責務を伴う感情に吸い込まれそうになっている。

後に、小谷は大山にこの夢の部分について問うた。

大山はうなずきながら興味深そうに聞いていたが。

「不思議な夢というか白日夢ですね。前半は、シリアの王女ナーミが、カナンに旅立つ勇者コー・ダーニに哀惜の念を表しつつ、自分はアスカロンの女神ウラニアとして勇者の帰りを待つ、ということですかね。ナーミは由美で、コー・ダーニは先生で間違いなさそうですね」

「まあ、そんなことなんだろうね。よくできた夢というか幻影だ」

「船はフェニキアの王女エリッサがテュロスからキプロスを経てカルタゴに向かうもののようですね。先生はテュロスからエリッサとともに船に乗り込んだんですよ。エリッサの航海はよく知られた史実です。そして先生が降りたクリーム色の泡が湧きたつ浜辺というのはキプロスです。古書にも記載があります。それに女神同士の取り決めというのかな、そういう船をアテナイの軍船が攻撃することはないんです」

「取り決めというと」

「アテナイにはヘレネというよく知られた女神がいるんですが、この女神がエジプトにわたるときフェニキアの軍船は一切手出しをしていない」

「そういうものなんだね。ところで私は追い詰められて船に逃げ込んだんだろうけど、そのとき私というかコー・ダーニは生きていたのか。あるいは死んでしまっていて、その霊魂がそういう動きかたをしたということなのか」

「さあ、どうでしょう。わかりません。船って、ただでも人を遠い世界へ運ぶ役目を持っています。しかも行き先がカルタゴとなると、黄泉の国への誘い、みたいな雰囲気はありますよね。しかもその船底ですから、一層黄泉に近い。あなぐらも同じでしょうけど、この世だとしても、黄泉にすごく近い場所ということになりそうです」

「そうか。肉体はそこで果てて、コー・ダーニの魂だけアスカロンに還っていったということなのかもしれないんだね。でも、たしかに、あなぐらにいる感覚って、黄泉というか、この世とあの世の境まで還って、じっと何かが癒える、再生してくるのを待っている、みたいなことなのかも知れないもんね」

小谷はあなぐらを想起しながら言葉をつないだ。

黄泉とあなぐら

あなぐらはじっと横たわって自分の何かがふつふつと再生してくるのを待つ場所。何が再生してくるのか。そこで新たに生《お》いいずるものは、以前と相似することもあれば異形のこともある。再生してくるものに対して納得できることもあれば、おやっと思うこともある。あなぐらの様相は、時とともにさまざまに変化するが、とにかくすべての緊張を解いて、じっとうずくまったままでいられる、自分にとって最も根源的なものが満ちた空間。ふつふつと過去が湧き上がってくることもあれば、すっと未来が映ることもある。なぜこうなったのか、どうすればいいのか、それを問い直す空間。月明かりを見上げながら、じっとその傷が癒えるのを待っている場所。動物のように。また、こんなふうにとらえることもできる。人には誰にでも内なる神がいて、それは生きてきた過程のなかで自然に居つくもの。あるいは誰かがそっと連れてきたもの。内なる神は、折に触れて強い光を放射し、自分の感情や行動を揺さぶる。その放射は強すぎて、何者なのか、どこから来るのか、自分では分析できない。見えないし分析できないから、神なのだ。そう、あなぐらは神と対話する場所。その神との対話がゆるされる場所。考えてみれば東方病院の「その場所」や「熊野のデルフォイ」でも同じ思いにいたる。それは黄泉に通じる漆黒の闇でもある。

「そうだね。ああいうところはやはりこの世とあの世の境なんだろうね」

「そうです。仏陀をはじめ仏教者が悟りを開く深い森も、キリスト教者が深い想いのなかを彷徨する薄暗い教会も、ムハンマドが啓示を受けた砂漠の洞穴《ほらあな》も同じだと思います。人が根源に還ることのできる場所です」

「なるほど。なんとなくわかる」

「それと、船にはもうひとり乗っていたんですね」

「そうだ」

「それは亮君ではないでしょうか」

「そんな気がするね。エリッサはカルタゴの女神だものね」

「そうです。ですからテュロスで先生が乗り込んだ船のマストに見えたのはきっと理恵さんなんですよ」

「カルタゴを出港するとき理恵は女神として船のマストにいたんだ。でもじつは、そのずっと前から船を導いていて、亮もテュロスを出航するときからお供をしていたということか」

「そうなります。亮君からこんな夢の話を聞いたことがあります」

やがて船は
広い海に漕《こ》ぎ出していき
島々を潜《くぐ》り抜ける
何日かの航海のあと
長い鼻や立派なたてがみを持つ生き物たちに満ちた
青く広い大地に突き出す岬の奥に錨《いかり》を下した
でもずっと船底にとどまっていたので
自分にはその土地の記憶はない

次に船が出るとき
自分はやはり船底にいるが
今度は
マストにはたしかに理恵の姿がみえた

「たぶんキプロスを出た後のカルタゴまでの航海の続きだと思います。クレタ島を経由してリビアの海岸沿いに船を走らせたんですね」

「なるほど」

「コー・ダーニである先生はキプロスで降りてナーミの由美さんと再会する」

「でも不思議だね。私と由美、亮君と理恵。東方病院での縁が古代のオリエント・地中海世界に呼応しているということなのか」

「そういうものだと思いますよ、すべて。なかなか気づかれないだけでね。人体は宇宙に照応しているし、現代は古代を映しています」

大山は笑っている。

「ところで先生は最近、亮君とはお話になることはあるんですか」

「考えてみるとあまりないね。亮君にもあまり私に話さなければならないこともなさそうだし、私も亮君の何かを診なきゃいけないわけでもない」

「理恵さんとの面談は続けられてるんですね」

「続けてるよ。どれほど役に立ってるかはわからないけどね」

小谷は笑いながら答えた。

「ところで、大山さんは今でも亮君とけっこう会ってしゃべる機会があるんだってね」

「そうですね。彼も理恵さんという存在と必死に戦っています」

「なるほど。理恵という存在と必死に戦っているか。なんとなくわかるね。私も由美という存在と必死に戦っている。由美の正体がやはりよくわからないんだ」

大山は黙って聞いている。

「それとね、最近、弟の光一君の話題がよく出ます。彼のことは私もすごく気になります」

「ほう、光一君か。私も彼の『姉のスカートの下から』という展覧会は観たよ」

「ええ、先生もいらっしゃったと、聞きました。光一君にからんでは面白い話も聞きました。先生もからみますが、亮君がこんなことを言ってました」


私は小谷先生と同じあなぐらの住人なんです。先生がどう感じているかは知りませんが、私にとって、あなぐらはいつも船底のイメージなんです。波の音がして、船がギーギーッときしむ音が聞こえる。そう。そうやって、いつもマストの上にいる理恵さんを見上げているんです。そう。その船は港に泊まっているんですけど、あるとき、小谷先生がその船底に入ってきたんです。ぼくは驚きました。先生が乗り込んでくるのを待っていたように、やがて船は出港する。そして、先生も一緒にマストの上の理恵さんを見上げているんです。しばらくすると、船はどこかに錨を下します。先生はそこで出ていってしまいます。そして、代わりにひとり若い男が乗ってきました。まだ少年のようにも見える。きれいな少年です。じっと見ていると、それは光一君のように思えてきました。あの場所では人の姿はぼんやりとしか見えないんですが、そんな気がしました。そして先生と入れ替わった光一君は私と一緒にマストの上の理恵さんを見上げている。そう、スカートの下から見上げるようにね。

「おもしろいでしょう」

小谷はしばらく黙り込んでしまった。

「どういうことなんだ。光一君まですべてがつながっているということか」

「そうです。このことを光一君と話したことがあるんですが、船底から見上げる感じって、やはりスカートの下から見上げる感じにそっくりなんですって」

「ところで私と亮君と光一君は同じあなぐらというか船底にいるんだけど、大山さんはそこに出入りすることはないんだな」

小谷は大山を見据えながら尋ねた。

「そのようですね。私はいつも見る側です」

大山は笑っている。

「それにはなにか意味があるのかね」

「さあ、どうでしょう」

光一の絵

光一が理恵のアパートを出てから後、かえって亮は彼と話し込むことが増えた。

亮と光一の対話。

「光一君の絵は理恵さんのスカートの下から見える風景を描いているということだけど」

「そうです。小さいころそれは沖縄の海でした。姉さんが浜辺の岩の上に座ってずっと遠くを見ている。僕はそのスカートの下にいるわけですから、同じものしか見えません。でもぼくが沖縄にいたのはほんとに小さなときだけだったから、本当は何も覚えているはずがないんです。だけど、姉さんのスカートの下からぼんやりと海を見ていたというぼくの姿だけは鮮明な像を結ぶ。それをぼくが見ているはずはないんですけどね。それからあとの話は実際覚えていることじゃなく、あとで新垣さんや母さんが教えてくれたことなのかもしれない。それが強く記憶に焼きついているだけのことなのかもしれない。でも、それがぼくの沖縄の記憶なんです」

「なるほど。まあ、そうだよね」

「それともうひとつ不思議な記憶があります」

「それは」

「ぼくが姉さんのスカートの下から海を見ていると、海の向こうから光る船がやってくるんです。岩の上でおなりさまが踊っている。それはぼくの叔母さんでもあるんですけど、向こうからやってくる船の高いところに姉さんがいる」

亮は驚いた。

「あまり人に話したことはないんですけど、これは夢にも出てくるんです」

光一は少し息をついて話を変えた。

「でも、岡山に出てきて見えるものが変わりました」

「どういうこと」

「姉さんは机に向かっていて、ぼくはその下にいるんですから、暗がりしかないわけですよ。これには少し困りました」

「それも、そうだよね」

「ですから上を向くことが多くなったんです」

「ほう」

「するとね、上を向くとね、白いパンツが見えるんですよ。薄暗くてよくわかりませんが、たぶん白です」

「まあ、そうなるよね」

「それをじっと見つめていると、その奥が見える気がするんです。何が見えると思いますか」

「なんだろう」

「ずっと昔のことが見える気がします。ぼくは姉さんのへその下あたりを見渡しているわけですよ」

「気づかれると怒られそうだな」

「それはともかく。考えてみるとね、へそってお母さんとつながってるわけじゃないですか」

「そうだよな。たしかに」

「へそでお母さんはまたそのお母さんとつながっているんです。お父さんとはつながっていませんけど」

「たしかにね。その意味ではお父さんはよそ者だね」

「そうするとね。どんどん自分の先祖に近づいていくんです」

「まあ、そういうことになるね」

「その昔の人たちがぼくに何かを見せてくれるんです。暗がりにね。そんな気がしてくるんですよ」

「なるほど。それを描いているわけか」

「そんな気分で描いています。いまのところぼくの描くものは海ですが、多分それはいまの海じゃないんです」

「遠い昔の、起源の海、ということか」

「そうです。そんなふうにも言えると思います」

「たしかに光一君の絵を見ていると、何かしらものすごく懐かしいものに出会ったような気がするものね」

「そう言ってくださるとうれしいです」

「理恵さんともそんな話はするの」

「そんな話できるわけないじゃないですか。姉さんは現実主義者だし、ぼくはいつも姉さんのスカートの下でうつむいていたことになってますから。上を向いたなんて言えませんよ」

「まあ、そりゃそうだよね。しかし、不思議だね。光一君は先祖たちに、その風景を、何というか、見せられているわけだよね」

「そういうことだと思います。でも考えてみてください。どの人の目に見える光景も、考えてみれば、全部見せられているものなんですよ。だって、目を与えられて、光を感じる装置を与えられてぼくたちは見てるんですよ。それは誰かから授かったものなわけで、ぼくたちが自分でそれを用意するわけにはいきません。だから見せられているんです」

「たしかにそうだよね」

「ですから、見えることは、まずそういう意味を持つんだけど、ぼくたち絵描きはさらにそれを映し出して、描き出している。これは大変なことだと思うんですよ。そう思うと、身が引き締まります」

「なるほど。責任を感じるわけだ」

「ぼくは抽象的な絵からはじめたので、そのことはとても気になるんです」

「抽象ってどんな絵を描いてたの」

「古代の文字みたいなのを描いてました。ヒエログラフとか線文字とか楔形《くさびがた》文字とか」

「ずいぶん変わったものを描いてたんだね」

「なぜか面白かったんです。本を見ているうちにね。はまっちゃったんです。そのうち、その文字たちがどこで使われていたのか、何を意味しているかも気になるようになって、勉強しているうちに、突厥《とっけつ》とか地中海とかトルコとかアラビアとかの光景が目に浮かぶようになったんです。字のうしろにはたしかにそんな風景が広がっているんです。絵のうしろに広がる光景にも同じことが言えます」

「へえ、すごいな。地中海か。ぼくも地中海のことを勉強してるんだよ」

「ええ、よく知ってます。亮さんの本も見せていただいていました」

「そうなんだ」

「すみません。断ってなかったです」

「いいよ。どんどん見てくれたらいい」

「それとやはりずっと前から描いていた沖縄の海が交じり合うようになって、今の絵になっているんです」

亮は「光一と自分が共有している何ものかはこれなんだな」、と納得した。そう、地中海。

「いずれは沖縄に帰りたいんです。やはり自分にとっては故郷です。自分のすべてが生まれ育った場所です。海辺に座ってじっと波の音を聞いていると、いろんなものが聞こえてくるんです」

「そうだね。自分が生まれ育った故郷の音や風景は大事だ。アラビアの古い詩は砂漠を行く駱駝《らくだ》の足のリズムから生まれたそうだ。アラビアの人たちは生まれたときから駱駝の上で揺られている。すべての感情はそこを土台にして生まれるわけだよ」

「そうです。そうです。ぼくにとってのそれは沖縄の波の音です。波の音から生まれるいろんなものを形に表したい。それがぼくの絵です。だから沖縄の海から長く離れてしまうとぼくの絵は死んでしまいます。わかるんです。自分の生きるべき生、自分の住むべき場所に住んでいない気がするんです。故郷とはそういう本来自分が生きるべき場所なんじゃないんでしょうか。自分にとってそれは沖縄です」

「理恵さんもそうなんだろうか」

「姉さんの眼は必ずしも沖縄に留まっているように感じられない。今の亮さんとの子育ても含めた現実的な生活。それが今の姉さんの戦場ですからね。それと姉さんの場合は沖縄ではなくそれを飛び越えて地中海に意識が向いている。そこは自分にとって何なのか、でしょうか。あれほど強烈な夢を見たわけですからね。もっと自分の根源的なものは沖縄の前にあるという思いが強いように感じられます。でもぼくにはフェニキアだのカルタゴだのってまったく関係ない話です。そこはピンとこないんです」

一神教と抽象画

後日亮はこの光一との対話について大山と話した。

「ほう、光一君は抽象画から入ったのか」

「そのようですね。古代文字から入ったと言ってました。それをなぞっているうちに絵を描くようになったんだと」

「なるほど。もともと古代の象形文字って、ものを記憶したり記録するために形をなぞるように発明されたものなんだ。光一君はその文字から逆に光景なり形を導いている。だから抽象なんだね」

「ちょっとわかりにくいんですが。どういうことでしょう」

「私なりの考え方なんだけど、具象というか写実は、目の前に見えているものをあくまで忠実に描くというのがモットーなんだ。一方抽象は、自分の心にある何かを目に見えているものを借りながら表している、ということなんだよ。だから目の前の光景を逆向きに使っているという意味で抽象なんだね」

「なるほど。抽象画ってすべてそういうとらえ方でいいんでしょうか」

「いやいや、とんでもない。もっといろんな考え方があると思うよ。さっきのも光一君が古代文字に興味をもってそこから入ったというから、連想したものなんだけど。でも基本的には、絵画の具象というのは目の前に見えているものを写し取る、なぞる。抽象は自分の心のなかとか本来形にできないものを、目に見える何かを通してあるいは何かとして描き出す。そういうことでいいのかな」

「抽象ってやはり難しいでしょうね」

「難しいけど面白いよね。心の赴《おもむ》くままに自由じゃないか。いや、そうでもないのかな。いろんな考え方があるのも確かだ。例えばアンドレ・ブルトンというシュールレアリスムを唱えた人は『魔術的芸術』という本のなかで面白いことを言ってるんだ。『芸術は必然的に魔を含む、どんな形であれ』とね」

「おもしろそうですね。どういうことだろう。魔とは」

「こういうふうに言っているように思える。『芸術は必然的に魔を含む、どんな形であれ。魔術・幻想・錬金術などシュールのお題の奥底に潜んでいるのは、本来、何も描いてはならない、造形してはならない、とする絶対零度の冷（断絶）感。これは当然神の認識の問題につながる。神、あるいはそれによって創造されたものを造形してはならない。したがって造形物にはその過程で必然的に魔が潜む』。このあまりにも強烈な一義的感覚にはついていけない面もあるけど、美や芸術を語るときのひとつの真実を表してもいると思うな」

「怖いくらいですね」

「でもね、そのずっと以前からあちこちの太古の洞窟や器具に描かれた写しやなぞりとしての造形がある。これをブルトンはどう見るのか。よくわからない、と断ったうえで、畏《おそれ》（怖れ）を凝縮したもの、と言っているようにも思える」

「なるほど。基本的に神は畏れの対象。その似姿を表すことは、神を喜ばすことなのか、それとも恐れ多く危険なことなのか。どちらにしても創造主への強い信仰とともになされたに違いありませんね」

「神をどう捉えるかという問題は本格的にはニーチェなどを待って近代以降の課題になるのかなと思うけど、伝統的なキリスト教における考え方は、宇宙や人体の在り方、教理への疑問などを通してじわじわと少しずつ試され崩されてきた」

「その通りだと思います」

「芸術に関しては、やはりルネサンスの『復興期』が大きいと思うんだけど、ミケランジェロやヒエロニムス・ボスとダ・ヴィンチが同時代というのも偶然と言っていいのか。あるいはそれは必然だったのか。その時代、宇宙の摂理、宗教、芸術などに対する考え方が一気に大転換したよね。そのころそれらに対して最も深い洞察を持っていたのは、イスラム文化そのものとイスラムに圧排されてヘレニズムやその周辺地帯でひっそり活動していた芸術・宗教家と思える。何らかの手段でそれらに触れることができた才能ある人たちがルネサンスを主導した。その原型は古代ギリシャによって統合された地中海文明の痕跡。ギリシャの芸術が花開いたころ、そのまわりは多くの原色や原型に満ち溢れていた。それが脈々と受け継がれたわけだ」

「なるほど。ところでダ・ヴィンチは芸術家と言ってしまっていいんでしょうか」

「どうなんだろうね。総合芸術家という言葉があればそうと言って間違いはないいんだろうけど、彼はすべてを知りたがる科学者、すべてを作りたがる工作家でもある。特に人体については徹底的に知りたがった。そのため人体のデッサンには恐ろしく微細に綿密に取り組んでいる。それもやはりギリシャがお手本だね。色彩についてはそのころ多くの具材がそろうようになったということもあり、やってみたのかもしれないけど、ダ・ヴィンチは絵をうまく描くことにはそれほど大きな興味はなったのかもしれないね。無数の光で構成される視覚世界、それをできる限り忠実に再現することに興味があったというか。その結果彼の絵は無数のミリ以下の点描の集合体となって表れる。ベタッと塗ってしまっては自然光や光を介する自然の造形は何も表現することができない。本来ものはそのように構成されて人の目に入ってくることを彼はかぎつけていたんだろう。絵に限らず当時の多くの発明や発見が彼の思索や活動を後押ししている。一方、ボスはありとあらゆる寓意的なものを操る手法をつかんでいた。このふたりが何をヒントにそのようなものを手にすることができたのか。もちろんふたりの才能があってのことだけど、ものに遭遇する環境がなければ魔法のようにそこに現出はしない」

「なるほど。難しいけど勉強になります」

「まず、ものを表すということについては、根本的に、現代までの絵画の、絵画に限らないけど、世界を支配している西欧の一神教的世界観の変遷を理解しなければ、話がはじまらないかな。皆、教理的な多くの制限のなかで物事を進めている。私たちの住む東洋やヨーロッパも含む多くの古代社会の多神教的な世界観とはかなり違う。もちろん多神教の世界もものすごく厳格な面を持っているんだけど、神の捉え方がずいぶん違うということは言えそうだね」

「難しそうですね。でも、おもしろそう」

「亮君は食いついてくるね。小谷先生は案外ダメなんだよ。彼は現実主義者だからね。すぐに『またかよ』って顔になる。神の認識論にしても知識はあるんだけどね。あまり好きではなさそうだ。そんなこと今さらどうでもいいじゃないかとね」

「わかります。まあ、ぼくは一応研究者ですから、そのあたりは食いつかざるを得ませんけど、それは抜きにしても好きです」

「くり返しというか話が元に戻ってしまうけど、一神教の規範では、神を描くこと、厳密にいうと、神が私たちに与えて下さっているすべてのものを、何かに映し出す、なぞり取って絵にする、ということは許されていない」

「ずいぶんと堅苦しそうですけど、わかります。私たちがものを見る目のことを考えてみれば、それは私たちがどこかから取ってきたものじゃなくて、神というか自然というかはともかくとして、何かから用意されたものなのは間違いありませんから。それは一神教だろうが多神教だろうが同じです」

「用意したのが神なのかどうかというところはやはりとても問題があるんだけど、キリスト教など一神教ではそこに明確に神の恩寵が示されるとする。それをだんだん崩していくんだけど、これは厳格な一神教が世界宗教に脱皮していく過程で、少しずつ緩んでいくのと軌を一にしていることでもある。周囲のほとんどの社会が多神教なわけだから、それに合わせていかなければ統治を広げることができない。ローマもそのようにして大きくなった」

「そこには当然魔が含まれるということですね」

「もともと一神教を最初に唱えたのは前一三〇〇年代のエジプトの王アーメンホテプ四世だと言われているんだ」

「ツタンカーメンの前の王ですね」

「そうだ。この王の少し前にエジプト第十八王朝は最盛期を迎え、その版図はアラビア、アナトリアを越えて黒海東岸にまで広がっていた。この時代エジプトは文化的にも爆発的に膨張している。そこに現れたのがこの王。王はそれまでエジプトに限らず世界中で一般的だった首都テーベの守護神アメンと太陽神ラーが合体した神を中心とする多神教を捨てて、民にひとつの神アトンを祈ることを強要した。正確にいうとアトンの恩寵を受けるのは自分だけで、民衆にはその恩寵を一身に受ける王自身を神として信仰することを強いた。そこが面白いというか妙なんだ。現実には二神教の体制になるんじゃないのかと思う。キリスト教も原則的にはイエスを代理神とするこの体系だよね。王は首都をテーベから別の場所に移したり、自分自身をアクエンアテンと改名したり、改革を目指したんだけどね」

「神官たちとの葛藤など事情はあるんでしょうけど、多神教から一神教に移したのは広い世界を統治しようと思えば逆のまずい発想になってしまった気がしますね」

「その通り。だからこの王はあまり長くは続かなかった。でもアマルナ美術という写実的な独特の体系を残したりしている。ここで面白いのは、フロイトをはじめ少なからぬ人たちが、アーメンホテプ四世は最初の『個人』であり、それが現代の世界を流れる西欧主義のひとつの源流だと主張していることだ。このあたりになると小谷先生はさすがにすごく食いついてくるんだ」

「わかります」

「また絵に話を戻すけど、一神教がはやる前から洞窟画とか絵はあったわけだろう。あれに源流を求める何かも当然脈々とつながっているわけだよな」

「そうですよね。絵の成り立ち、それをどう解釈するのかはとても難しいです」

約束の子

小谷はまた最近ほとんど毎日のように見る不思議な夢のことに思いをはせていた。東方病院で、由美が堰《せき》を切ったようにしゃべりはじめ、その怒濤の言葉に翻弄されながら神経質なやり取りが繰り広げられていたころよく見た例の夢だ。

由美が砂嵐のなかで祈っている

小谷は砂漠で祈る由美に近づこうとする

しかしどうしても近づくことができない
そのときひとりの医師と思しき人が近づいていく
由美がその人に笑いかける
小谷はその顔を確かめようするが
やはりはっきりとはわからない
由美のお腹の赤い裂け目には赤ちゃんが蠢いている

由美にこの夢について直接ぶつけてみても何の答えも進展も得られない。先日などは由美の前でこの夢が壮大な白日夢を紡ぎ出したわけだが、それでも由美からは特に反応はない。

ある日、夢は次の場面に流れた。

由美が命の消えようとしている祖父の平吉のそばでうずくまっている
由美にひとりの医師と思しき人が近づいていく
その人は平吉がやがて西方に召されると告げた

小谷は驚いた。これは小谷が見たことではなく、由美からずっと以前に見た幻影として告げられたものだが、夢となって小谷の前に立ち現れた。これはどういうことなのか。小谷は考えた。このふたつの夢はつながっているのか。由美のお腹に赤ちゃんがいる。これはどういうことなのか。

小谷はぼんやりとしたまま理恵と亮の子の宇海《うみ》に考えを巡らせた。あの子は救い主。いったいどういうことだ。何から何を救うというのか。約束の子。小谷は亮にその子について尋ねてみたくなった。

「亮君と理恵さんの子どもの宇海くんはどんな感じなの」

いつか大山さんからも同じことを聞かれたな、と思いつつ、亮は少し別の答え方をした。

「最初、生まれた子どもを見たとき、やはり不思議な感じがしました」

「ほう、不思議な感じか」

「そうです。私と理恵さんの遺伝子が合体してできているのでしょうけど、私たちの意図に関係なく、機嫌がよくなったり泣いたりする。私の分身でも、理恵さんの分身でもないわけですよね。当たり前だけど」

「まあ、そりゃそうだよね」

「そうです。私たちの分身ではなく、私たちに預けられているという感覚かな。神とか宇宙とか何かから具体的に預かっているということではないのですが、私たちは授かったその子を育てる責任を持っている、その子の持っている方向に育ててやってくれよ、と何かしら依頼を受けているみたいな不思議な感じでしたね。そんなこと感じるのは、ぼくだけかもしれませんが」

「なるほど。いくつになるんだっけ」

「もうすぐ二歳になります。最初あおむけでしか寝られなかったのが、寝返りを打ち、首がすわってお座りができるようになる。なんか不思議です。それに最近では砂場デビューも果たしましたし。宇海が砂場で遊んでいるとね、なんとなく小さいときの自分を思い出したりするんですよ」

「ほう」

「砂場であまり他の子どもたちと遊べない私を姉がじっと見守ってくれてるんですよ」

「私の知ってる彼女だね」

「そうです。先生の患者だった姉です。その縁で理恵さんを先生に紹介したんですもんね」

小谷は小さくうなずいた。

「お姉さんは元気でやってるの。私のところに通っていたのはほんの少しの間だけだった気がするけど。よく覚えているよ」

「私には姉の面影がありますか」

「さあ、どうだろうね」

小谷はまじまじと亮の顔をみつめ、亮は軽く視線を返した。

「相変わらずいつも調子悪そうな顔をしてますけど、先生方のお世話になるほどではないようです。先生と話していて、なんとなく自分の症状の受け入れ方がわかったというか、自己コントロールができるようになったみたいですね。そう言えば、姉と自分の関係は理恵さんと光一君にそっくりだったりするんです」

「そういえばそうだね」

「私が理恵さんに惹かれる理由はそれなのかもしれません」

「なるほど、自分自身を光一君に投影しているわけだ。そういうこともあるかもしれないね」

「それと理恵さんはずっと母乳で育てているんですが、乳を含ませる姿は好きですね。前からはあまり見せてくれませんが、うしろから見ていてもなかなかいいものですね」

「惚れ直す?」

「女神です。最初見たときから『ああこの人だな。ぼくといっしょに歩いてくれるのは』という感覚がありました」

「宇海くんは救い主と予言されている子だということだけど、それはどう。理恵さんもそのことは気にしているの」

「まったくピンと来ませんね。彼女も『救い主って、それ何?』という感じでどちらかといえば呆れているというか、怒ってます。本当にそんなことがあるんでしょうか。私たちの子です。普通の子だと思います」

「まあ、あの発言そのものが妄想なのかもしれないものな」

そもそも理恵と亮は

小谷はここで彼が把握している限りの理恵と亮の関係を整理してみた。おもに理恵との面接のまとめのようなことになる。

理恵が大学に入りたてのころ、近づいてきたのは亮のほうだった。亮は合同講義でときどき見かけるおかっぱ頭の女の子のことが気になっていた。大学のサークル「地中海クラブ」でともに活動している麻衣といつも一緒にいる女の子。それが理恵だった。麻衣を通して下北沢のコンパに誘い、いくらか意気投合したところで連絡先を尋ねるが、うその連絡先を渡される。

理恵は警戒していた。私に興味があるのか？　理恵は高校も共学だったので、まわりに男の子がいることが特に珍しくはなかったが、これまで男の子に興味を持つことも、持たれることも、たぶん、なかった。ぼやっと憧れる男子がいないことはなかったが、そこまでの話だった。それまで自分に一番近い男の子は弟の光一だった。コンパのあと講義室でも隣にやってきて何かと話しかける亮。いくらか興味がわかないでもなかったし、「アパートを訪ねていく」と言われても、強く拒否することはなかった。本当に来てしまうと困るのだが、亮は来てしまった。

本当に来られると困るわけが理恵にはあった。過食がはじまっていたのだ。男の子が来るというドギマギ感より、そのころ徐々に支配されつつあった過食のリズムが乱される。苦痛と過食の巣になりつつあった部屋に男の子を入れる恥ずかしさ。正直どうでもよい男子に来られるのは迷惑な話だったが、そういうとき理恵ははっきりと拒否しない女子だった。もともと部屋には同じクラスの麻衣しか来なかったのだが、彼女は部屋の様子などおかまいなく、一杯気分でやってきてしゃべり散らかして帰るだけだから、別にかまいはしない。

亮は理恵の部屋にやってきて、彼女の様子に気づく前に部屋の様子に気づいてしまった。けっこう細かい。じつは彼の姉は過食症で病院に通った経験がある。そこでの担当医が小谷だった。姉の部屋と同じ匂いがする。亮は敏感にそれをかぎ取った。

しかし、亮との関係も深まらないまま理恵の過食はひどくなり、ついに過食用の買い出しにコンビニに行くのもままならなくなった。「困るようなら行ってみな」と亮から紹介されていたT医科大学病院を訪れ、その足で多摩東方病院に入院することになる。

そこで医師の小谷と出会う。小谷との関係は理恵にとって新しいタイプのものだった。もちろん、特に男女関係でもなく、そうかといって積極的に治療を受けている気もしなかった。けれど環境の変化がさいわいしたものか、少しずつ症状は軽くなっていった。さらにこの病棟で重症の拒食症患者の由美と出会う。ひょっとしたら由美と出会ったことで症状が軽くなったのかもしれない。しかし、時間がたつにつれて理恵は病棟にいづらくなっていった。病棟を牛耳る患者グループとの折り合いがよくなかったのだ。特に患者の金が盗まれる事件をきっかけにして、はっきりといじめに遭うようになり、退院を考えはじめる。

しばらく音信不通になっていた麻衣に連絡し、相談する。「そんなところ退院しちゃいなよ」麻衣はそう促し、亮を伴って見舞いにやってきた。亮とも久しぶりだったが、彼はそのあとちょこちょこ見舞いにやってくるようになる。ただ、亮は病院に来ても、いつも理恵への見舞いはそこそこに、大山の部屋に入り込んで遅くまで話し込んでいたりする。その様子に理恵は苛ついたが、亮はあまり気にとめていないようだった。

ある日亮は一人でやってきて大山の部屋には寄らず、さっと理恵を訪ねてそのまま散歩に連れ出した。しばらく歩くと「疲れた。少し休まないか」とホテルに誘う。「いきなりどうしたのか」と驚きはしたが、「アパートの部屋に来たときもいきなりだったな」と特に拒否はしなかった。部屋に入るなり亮は自分だけベッドの上に大の字になって、ソファに腰かけている理恵に向かってというでもなく、自分について愚痴りだした。身の回りのことや自分自身について。「いきなり自分のことかよ」。アパートに来たときも同じだったが、理恵がつらそうだと認識しながら、まず自分の愚痴をはじめる。理恵はいい加減にしてくれ、とロクに聞かなかったが、やがて自分も眠くなりベッドに上がってまどろんだ。夢のなかに父や光一や亮が出てきたようだったし、横で亮がもぞもぞ動いている気配が感じられるような気もしたが、とにかくいくらか眠った。やがて目を覚ますとまだ横で寝ている亮をそのままにして病棟に帰った。

その後も病棟内では理恵に対する執拗ないじめが続き、小谷と相談して、一度岡山に外泊することになる。しばらく離れていた岡山に帰ること。これが理恵に何をもたらすのか。

理恵自身にしてみても大きな意味がありそうに思えたし、小谷もその外泊にはいじめからの緊急避難や退院準備以上のものを期待していた。「理恵のなかの何かがはっきりするはずだ。何が大切なのか。何が不要なのか」、小谷はそう考えていた。

そう、たしかに大きなことが起きた。理恵は自宅でリストカットし、救急病院に運ばれてそのベッドの上でこの病棟物語全体を意味づけると言ってもいいフェニキアの航海に身を委《ゆだ》ねることになる。病院に帰って理恵は小谷に夢について思い出す限りを話した。小谷は驚きもしたが、その航海の意味を十分につかみきれなかった。そのころさかんに聞かされていた由美の夢、自分自身の夢と相応するところがありそうだとも思えた。やがて理恵は麻衣と亮との共同生活に入ることを前提に退院していく。一方由美は小谷への抱きつき事件を起こした挙句、閉鎖病棟に移される。小谷も大山とともに夢の意味探しに旅立つことになる。

しばらく時間が流れ、由美はキリトやウマヤドなど得体のしれない者たちが跳梁する閉鎖病棟でアスカロン事件を引き起こし、退院となる。小谷はその責任を問われて、ついに東方病院を完全に辞することになり、由美を補助することで事件にかかわった大山も退院し自宅に帰った。由美は両親に引き取られた。理恵は、麻衣と亮との共同生活を経て独居の身となるが、亮とのつかず離れずのつき合いは続いた。亮は相変わらず理恵のアパートに出入りしていたが、いつしか岡山から出てきて姉のところに居候を決め込んでいた光一とも話すようになる。

「理恵さんと亮君、どちらから結婚を切り出したんだ」

「少なくとも彼女からではないです。ぼくには一緒になりたい願望があったんですが、理恵さんはどうでもよかったんです、たぶん」

「そうなのかな。彼女も運命的なものを感じていたんじゃないんだろうか」

「そうなんでしょうか。ぼくが邪魔なわけでもなかったとは思うんですが。彼女には別の男がいたわけじゃないし、出版社に勤めていて忙しい。ぼくは大学勤務で時間にはある程度余裕があった。そんなわけで食事の用意とか洗濯とか彼女の身の回りの家事も手伝ってあげることができていたんです。それはやはりありがたかったんじゃないでしょうか。もっともそれは光一君が岡山から出てきてからは彼の仕事になりました」

「亮君は以前に理恵さんとは赤い糸で結ばれている気がしていたと言ってたね」

「そうです。なんとなくこの人と一緒にやっていくんだろうな、という感覚はわりと最初からありました。彼女にそれがあったかどうかは知りませんけどね」

「どうなんだろうね」

「でも、先生や大山さんは『運命の赤い糸』などというと、やれ前世がどうの、古代地中海がどうの、と勝手に盛り上がっていらっしゃるようですけど、わかる気もしますが、ぼくたち夫婦にはそういう意識はないというか、まあ、どうでもいいことなんです。理恵さんも先がどうなるかわからない出版社、僕も大学の文科系のあってもなくてもいいような分野に勤めている。子どもまで生まれてしまって、本当に今から無事にやっていけるのか、その不安だけなんです」

「そりゃそうだよね。わかるけどね。でも、カルタゴに向かうフェニキア船の船底にいるのもまぎれもない亮君だったし、そこにはなんと私がいる。これはどういうことなのか、やはり考えてみたいんだよね」

「それもわかります。生まれてきた子どもに『宇海』なんて名前をつけてしまったのもぼくですしね。やはり気になってるんです。それは間違いありません」

エリッサとウラニア

小谷は亮に由美と理恵について尋ねた。

「理恵さんは退院後由美さんと会うことはあるのか」

「由美さんが閉鎖病棟にいる間はもちろん会えませんでした。由美さんが退院してから『一度会いたい』と連絡があったようですが、また妙なことに巻き込まれたくない、と会わなかったようです。でも最近のことはよくわかりません」

じつは理恵と由美は退院後ひそかに会っていた。亮もうっすらとそのことは知っていた。


「久しぶりね。元気にやってるの」

「あまり元気でもないけど何とかやってる。亮さんと一緒になったんだって」

「知ってたんだ」

「小谷先生のところに通ってるからね。そのくらいの話は聞ける」

「ご両親と暮らしてるんだって」

「そうだよ。お父さんがいるとやはり少し安心」

「拒食や過食はやってないの」

「大丈夫みたいね」

「私もよ。あれはじたばたしなくても、いつか知らないうちに通り過ぎて行っちゃうものなのかもね。不思議ね」


ふたりは東方病院での入院中のことなどを少し話した。病棟はひとつの社会だ。それを起点にして新しい生活が始まることも多い。話しているうちに理恵にもあの日々のことが少しずつ蘇ってきた。

由美と同じ病棟で暮らしていたわけだから、理恵は小谷以上に由美のことを知っていた。何度も由美の人格がすっと変わる場面に遭遇していた。今の今まで話していた由美と突然話が合わなくなる。急に子どもになったり、ずっと年上の女性になったりする。あるときは男性になったり。まるで由美の体をひとつの器にして八百万の神ならぬ八百万の人格が通り過ぎていくかのような景観がある。ただそれを「どうしたの?」と問うても由美からはまごついた表情が返ってくるばかりだったので、しまいにはそれにはあまり触れなくなっていた。

そして小谷以上には東方病院に入院するまでの由美の情報をたくさん持っていた。理恵がそれを小谷に流すことはなかったが、打ち解けたとき、由美は案外多くのことを話した。女の子同士の会話だが、大山の実家に移る前、彼女には好きな人がいたらしい。その人のことはずいぶん聞かされた。恋人同士と呼べる双方向の関係ではなかったようだが、由美のほうは明らかに好意を持っていたようだ。由美が大山の家を出て母とふたりで暮らすようになってもしばらくは連絡していたらしい。その他にも女の子の友だちがいないわけではなかったのだが、母との生活のなかで次第に疎遠になっていったようだ。そして主治医であるA先生との距離を詰めていった。由美も距離が詰まることは自覚していたが、それが恋情に変わることはなかった。どちらかと言えばA先生への思いを募らせたのは母のほうである。少なくとも由美にはそう見えた。それがよく見えだしたので、由美のA先生に対する感情はしらけたものになっていったのかもしれない。とにかく母には支えてくれる人が必要だった。でも母はふたりのパテオに他人が入り込むことは許さなかった。パテオはあくまで自分と由美との世界だったのだ。A先生はそれと気づかずパテオに、母と子の間に分け入ってしまった。それが母子関係を崩す大きなきっかけになっていく。

そしていま母和子とA先生は親密な関係にある。このことは由美から理恵に語られた。

理恵には宇海のことで由美に確かめたいことがあった。思い切って尋ねてみた。

「私の子どもが何か救世主のような存在だ、といってるらしいけど、それはどういうこと」

由美はやはり何を言われているのかわからないという顔をしている。

「それは私が言ってるの」

由美は閉鎖病棟にいた間のことはあまり意識できていないようだ。そこには彼女の現実とは無関係な意識が存在していたようだった。理恵はそのことについてはそれ以上触れなかった。八百万の神（人格）のどれかが悪さをしていたのかもしれない。これはいくら今の由美の意識に問いただしても答えは返らないなと思えた。
しかし別れ際、理恵はふっと由美のもうひとつの世界に入り込むことができた。理恵は由美と並んで歩いた。由美の様子がさっと変わり声が聞こえた。理恵もそれに応えていた。

ウラニア、あなたなのですね、わたしはエリッサ

エリッサ、そうです、あたしです
あなたはカルタゴの船であたしのコー・ダーニを救ってくれたとても感謝しています
あなたがいなければあたしはあの人ともう一度会うことなどできなかった
でも、あの人はほどなくまたどこかに行ってしまった
あたしはもう一度あの人に会わなければならない
いや、もう会っている。
あたしとあの人の魂はもうすぐ一緒になるところで

あなたはフェニキアの大女神
なぜこのようなところにいるのですか

ウラニアよ
わたしはフェニキアを導くもの
だからわたしはいつもいつの時代にもどこかにいるの
それがフェニキアの女神である所以《ゆえん》
ウラニアよ
あなたはじきにあなたの魂の還る場所にたどり着きます
もう少しの辛抱です
待つのです

エリッサ
コー・ダーニはあたしにとってとても大切な人
ありがとう

再び観音と

小谷は相変わらず夢のなかで観音との対話を続けていた。

「近頃由美と理恵の間を行ったり来たりする夢を見ているようだな」

「その通りです。観音様にはお分かりになるんですね」

「ああ、お前の見る夢はすべてわかるよ。古代アッシリアからカナンあたりでコー・ダーニとして由美のナーミと理恵のエリッサの間をうろうろしている」

「それがお分かりになるんなら、この先私がどうなるかもお見通しなんですね」

「いや、それはわからないし、仮に分かったとしても未来のことをお前に教えるわけにはいかない」

「では、どうして私につきまとうというか、私の夢のなかにおいでになるのでしょうか」

「それは何というか、確かめなければならないことがあるからだ」

「アスカロン事件の前にもそうおっしゃって、事件が起きてしまいました」

「まあ、お前にとってはあまり都合のいいことではなかったかもしれないけど、あれは起きなければならなかったことだ。救い主の誕生に必要だったんだ」

「その救い主というのがよくわからないのですが。実際私は救われずに、どちらかと言えばひどい目に遭って、病院もやめなければならなくなり、今のような環境にいるんですから」

「まあ、カリカリするな。私たち観音はいつもお前たち人間のそばにいてお前たちを助ける役割を持っている。私たちに天地の創造はできない。天地創造に関わるのは如来たちだ。あるいは万能の神であり太陽神たちだ。でも、お前たちがどう行動すればよいか、直接知恵を授けるのは私たちだ。ウラニアも同じ役目を負っている。このアスカロンの主は人間同士の関わり合い、特に男と女の間のことに多くの微妙な役目を持つ。救い主の誕生についてもね。それを由美が受け継いでいるわけだよ」

「やはりおっしゃっていることがよくわかりません。第一、救い主というのはどちらかと言えばキリスト教者が使うというか思い描く存在のはずで、仏教者である観音様が口にされるのはやや奇異に感じられますが」

「そんなことにこだわりを持っているのか。まあ、どうでもいいことだ。わからなくてもいい。というか、わからないほうがいい。いずれにしても私たち観音はいつもお前たちとともにある。ひとつお前がいま動いている古代のカナンにまつわる救い主について教えてやろう」

「誰のことでしょう」

「誰だと思う？　お前たちの世界では偶然や必然を経てとても有名になった男だ。その時代の私たちの仲間は必ずしもそうなると予想していなかったのだが」

「モーセ……？　でしょうか」

「そうだ。あのエジプト人だ」

「エジプト人？　やはりヘブライ民族の出エジプトを導いたモーセはヘブライの人ではなく、エジプト人なのですか。私の知る限りでは、フロイトが『モーセと一神教』のなかでそう主張していますが」

「フロイトも恐ろしい男だ。正しい。そのあたりについてフロイトはどう説明しているか、知ってることを話してごらん」

「はい」

ミソルの末裔

小谷は次のように説明した。

エジプトは、アトランティスの司祭の子孫ミソルがナイル河畔に移住してきて以来、一貫して強国であり続けたけれど、シナイ半島を渡ってアラビア半島に覇権を唱えた歴史はそれほど古くもないし、長くもない。アラビアには伝統的に北方と東方、つまりアナトリアにもメソポタミアにも強国が存在していたためだ。

エジプトがはじめて南のヌビアから北のパレスチナ・シリア・メソポタミアの一部までも領土とする世界帝国となるのは第十八王朝のころまで待たなければならない。その絶頂期、前一三七五年頃、一人の若いファラオが即位した。このアーメンホテプ四世は、それまで彼《か》の地のみならず知られる限り全世界で親しまれてきた多神教的な伝統と生活習慣を拒否し、民に不寛容で他宗排斥的な唯一神信仰を強いた。これは徹底したもので、寺院閉鎖、礼拝禁止などに及び、その新しいアトン教においては偶像も禁止、神の名を呼ぶことも禁止とされた。自身の名もアクエンアテン（アケナートンあるいはイクナートン）に改名し、首都も遷都。そこまで徹底した唯一神信仰に至ったのはなぜか。世界帝国のなかで民族の神ではなく絶対神が必要だったこと、当時の中心地アモン教をいただくテーベへの対抗など考えられはするが、そのあまりの激しさは、この王の個人的資質に負うところが大きいと思われる。十七年の短い在位でこの王が亡くなるとたちまちアトン教は廃絶、首都も元に戻り、エジプトではその影は一掃された。

しかし、ここでフロイトとの関連で気になるのがユダヤ教とこのアトン教との共通項、類似点である。ユダヤ教はこのアトン教をひな型にしているのではないかと思えるほど似ている。フロイトがその著書『モーセと一神教』のなかで、じつはユダヤの民を率いて出エジプトを果たしたモーセは、このアーメンホテプ四世の信奉者だったと主張している。エジプトでの将来に絶望した彼がヘブライの民を引き連れて新天地に向かった、と考えてもそれほど無理はない。しかも、アトンはヘブライの神アドナイを想起させるし、向かった地シリアの神アドニイをも連想させる。彼がシリア的なものに親近感を持っていたとしても不思議ではない。この時期エジプトには急速にシリア的な文物が入り込んでいる。

フロイトはユダヤ教がエジプト由来のものであることを力説するにあたって、割礼の継承も重要視している。とにかくユダヤ人であるフロイトはその起源の考察をないがしろにすることができず、最晩年に至ってこのような本を著したのではないのだろうか。

「こんなところかと思いますが」

「そうだな。あと創造神ヤハウェの創出とか、体裁を整えるのにどこでも創造神話は苦労しているけど、そんなところだろう。たいてい創造神はあとで作られる」

オットー・グロースの恋

しばらくして小谷は大山に観音との対話について問いかけた。

「最近、夢のなかに観音様と名乗る者がよく出てくるんだ」

「ほう」

「でも、どうも本当に観音様なのかどうかよくわからない。ひょっとしたら魔の物なのかもしれないとも思う。言ってることが過激すぎるというか。あまり仏っぽくないいんだよ」

「まあ、仏様にもアクティブな人はいらっしゃるでしょうけどね」

「私たちにはちょっとわかりそうもない根源的なことも言ったりするしね」

「どうでしょうね。私にもわかりませんが」

「じつはその夢のなかで観音様とフロイトについて話した」

「フロイトですか?」

「そうだ」

小谷はアーメンホテプやモーセ、フロイトについて観音と交えた対話について手短に説明した。

「なるほど。エジプトからモーセ、フロイトですか。私も先日そのあたりのことで亮君と議論しました。仏様との対話らしからぬ内容ですが、先生が先日から悩まれている問題に対してはとても示唆的なのかもしれません」

「というと？」

「人間を動かす力は果たしてリビドーなのか集合知なのかという問題です。フロイトの理論というか考え方はとても無神論的で、人間の行動のすべての原動力はリビドーという性的な色合いの濃い欲動だととらえています。ではその起源をどこに求めればいいのかと言えば、強いてそういうものを求めるとすればですが、エジプトのアーメンホテプの時代になると思います。その時代写実的というか生々しく開放的なアマルナ美術が出現しているのですが、これはひとつのヒントになっているのかもしれませんね。フロイトが想像力旺盛な時期に暮らした時代、場所を考えると、これは世紀末ウィーンなんです。クリムトなどが活躍したね。これは、エロスとタナトス、つまり生と死についての激しい観想が劇的に復活した時代でもあるんです。黄金と死臭の漂う欲動。その時代を反映したのがリビドーと言えなくもないと思うんです」

「そうだね。フロイトは徹底した無神論者だ。リビドーも徹底した個人主義の産物で、そこには神の恩寵的なものは微塵《みじん》もない」

「微塵もないとまで言ってしまっていいんでしょうか」

「たぶん、いいんだ。リビドーというのはあくまで何か自分以外の対象に向かう欲動なんだね。当初は確かに性的な色合いが濃かったんだけど、晩年には必ずしもそこにこだわっていない。対象に向かうさまざまな欲動があってもいいなどとも言っている」

「そのおかげでメラニー・クラインやアドラーなど分析系の高名な後継者が現れることができたんでしょうかね」

「そうとも言えるだろうね。でもフロイト自身はやはりあくまでリビドーという欲動にこだわっている。そして欲動が引き起こす不安を軽減させるために発動される防衛機制の考え方を提唱したりしている。ただその姿勢はあくまで科学的というか無神論的なんだ」

「そのあくまで無神論的なところが心理学のもう一人の巨匠ユングとどうしても相容れなかったんでしょうか」

「そうだね。最初フロイトとユングはかなり蜜月の状態にあった。でもユングは自分の臨床経験のなかで、人間の精神世界にはもう少し大きな装置があるのではと強く感じていたと思う。そして何人もの患者が精神状態の不具合を起こすきっかけとして夢のなかでの同じような光景を口にするのを見て、個人を超える集合体が受け継ぐ原型というものに思い至る。それを共有することで、文学者や神話学者や宗教家や人類学者など、多くの人間の知について探求する人たちと語ることができるようになった。ヘッセやエリアーデやシュタイナーたちだ」

「それがアスコナのエラノス会議の原型ですね」

「でもね。最近私が由美に対して抱く感情はそういう欲動とか原型で説明がつくのか、やはりよくわからないんだ。彼女のちょっとした仕草が気になるしね。別に由美がかつてアスカロンの主のウラニアだったかもしれないからどうのこうのではなく、自分としては今の彼女を何とかしたいという気持ちが強くて対話を続けているわけだからね」

「そうですよね」

「この感情はリビドーなんだろうか。大山さん、オットー・グロースという精神分析家を知ってるか」

「性の解放を唱えた人ですね」

「そうだ。一夫一婦制を否定して、性の解放こそが個人の自由にとってなくてはならないものであり、社会的活力の根源になると唱えた」

小谷は精神分析セミナーに通っていたころ、高名なフロイトの後継者たちの足跡をたどるなかで、とりわけグロースに興味をひかれたことに思い至った。

「グロースって初期のフロイトの心酔者であり、一時はユングとともにフロイトの後継者とも目されていた人物ですよね」

「そうだね。ただコカインの中毒者でもあり、フロイトはユングにグロースの治療を依頼したりしている。しかしグロースの症状は重くなり、破滅的な様相を呈してくる。それと並行して、私生活でも妻のほかに妻の友人のエルゼやその妹のフリーダを平気で愛したり、逆に妻を友人に紹介したりと、いかにも破天荒なものになっている。破天荒というか、そのような性のあり方が人間を抑圧的な葛藤や障害から救うと主張したんだね」

「フロイトは自分の主張に最も忠実であるはずのグロースをどうしても受け入れることができなかったんですね」

「そうだ。フロイトはあくまで面接室というホワイトキューブとその中にある患者という存在の関係性に大きな視座を置いた。あくまで人間の心を科学的に分析しようとした。治療者が能動的に動くことを許さなかったんだよ」

「一方、ユングはグロースにより強く共鳴というか何かを感じたんですね」

「そうだ。ユングはぎりぎりまで彼をかばい、連絡を取り続けていた。ユングも一夫一婦制に強い疑問を持っていた。グロースから何かをかぎ取っていたんだね。人間の社会はもっと大きな枠組みを持たなければならないのではとね」

「それが、ユングが人類学や人智学やオカルトにまで自分のカバーする領域を広げていく大きな素地になったんでしょうか」

「そうだろうね。でもそれによってユングはフロイトとたもとを分かつことになる。グロースはより的確にリビドーの本質をとらえていた、というか、それが社会に何をもたらすかを感じ取っていたのかもしれない。フロイトはあくまで個人的な葛藤の奥底に潜むものとしてリビドーを取り上げていて、あまり社会性を帯びさせていないと思う。もちろんそれはそれで底深いものがあって、現代の人間理解の大きな源流になっていることは間違いないけどね。一方、グロースは性の解放こそが社会的抑圧を解き放つものとして、より社会性を帯びた主張をしている。晩年にはその主張に沿った社会体制批判の文筆活動もやっている。また彼のパートナーのひとりフリーダは『チャタレイ夫人の恋人』で知られるD・H・ロレンスの妻であり、ロレンスに大きな影響を与えていると思われるんだよ」

「グロース本人は破滅してしまったけど、彼は周囲に恐ろしく大きな影響を与えたのかもしれないんですね」

「そうだ。彼も過去と未来をつなぐ救世主のひとりだったのかもしれない」

ウイグル

ある日現れた観音と対話したとき、小谷はずっと気になっていたことを尋ねてみた。

「ところで観音様のお里はどちらなんですか」

「ほう、わしの生まれたところか。教えてやらないでもないぞ」

「ぜひお教えください」

「私たちの同類は世界中にいるが私たち一族に限れば生まれはお前たちのいうチベットの北方、そこからタリムに続く草原で生まれ育った。私の仲間たちはそのあたりの高みで生まれた者も多い。お前たちが言う高天原《たかまがはら》はその地をイメージしたものなんだよ。小川が流れ草花が咲き乱れる。そこには今でも愛しい人たちがいる。もちろんインドの深い森で生まれた者もいるが、すべて同族だ。ただ深い森に生まれた者は瞑想に明け暮れ、あまり人とは関係を持とうとしない者も多い。でもなかにはペルシャからアラビアにわたりその砂漠になじんだ者もいるし、黒海のほとりに住みついた者もいたね」

「観音様たちは同じような立場で何人もいらっしゃって、それぞれの地域で生まれられ、ほかの地方に赴かれることもあるのですね」

「そうだ。私のいたタリムはいいところだった。今でこそまったくの砂漠だが、その昔、ムーと呼ばれる地から敬うべき方々が移ってきたころは草の深い水流にとんだ桃源郷だった。中国からもペルシャや黒海沿岸の荒っぽい者たちの国からも少し隔たった穏やかな場所だったからね」

「ムーですか？」

「お前たちの世界ではそう呼ばれているそうだな。お前たちの原初の文明が発した場所だ。ただ遠い昔それは海の底に沈んだ。私もその母なる土地は知らない。ただその記憶はいつも私とともにある」

何となく納得できそうな話ではあった。小谷はまた話を自分のことに戻した。

「私はこの世で困っていることがあるのですが、それに対してご助言はいただけないのでしょうか」

「私は宇宙との縁を取り持つもの。この世のことは自分で悩み進むがよい。私はお前が持っている役割を果たせるのかを確かめるためにお前の前に姿を現している。私たちは豊かな乳房も持てば長いひげも持つけど、遥かな昔からいるわけではない。人間とともにこの世に現れた。その思いが強いのだと思う。私たちと同じように人間からあがめられる存在のなかには、私たちよりはるか昔からこの世にあるものものもいる。その方々が天地を創造し、お前たちが落ちる魔を作るのだが、私たちには魔の中身は覗けない」

「そうか。観音様たちはたしかに私たちとともにあるということですね」

「そうだ。とにかくお前たちが愛おしいのだ。何をやってるんだとあきれるときも含めてね」


小谷はのちに大山とこのときの対話について議論した。

「私たち人間をどうしようというのでしょう」

「さあ、それはよくわからない。ただ、救ってくれようとしているのは確かなようだ。放っておけば人間はすぐに自滅する」

小谷はお里についてもコメントを求めた。

「生まれた場所は中央アジアのタリムだというんだけどね」

「ほう、タリムですか。ムーというかウイグル帝国の末裔ですね」

「自分でもそう言ってたけど、どういうことなんだ。本当にアトランティスとかムーとかいうのは実在していたのか」

大山は古代大陸研究家のジェームス・チャーチワードなどの説を引用しながら次のように説明した。

約一万千六百年前にアトランティスは海に沈んだ。その前一万三千九百年にわたって王家による支配が続き、東は地中海のギリシア沿岸、エジプトあたりを境界として世界中に植民地を広げながらその文明を伝播していった。一方ムーは一万二千年前くらいに海中に沈んだとされる。その通りだとすればムーのほうがアトランティスより少し早く海に姿を消したことになる。その最大の植民地であったウイグル帝国がムーの文明を継承した。ムーとアトランティスの中間には中南米の陸橋と大陸があるわけだが、ムーの東の拠点、あるいは友好地マヤの人たちがアトランティスの文明を興し、地中海沿岸に進出していったとする説もある。

「本当にムーとかアトランティスという大陸はあったんだろうか」

「アトランティスのほうは信憑性が高いです。プラトンが『現在のジブラルタルに当たるヘラクレスの柱のはるか彼方にあり、この世の文化の中心地である』と記述していますし、多くの人たちがその存在に触れています。またトロイアの遺跡の発掘で有名なシュリーマンが、クリートのライオンの門から『エジプト人はミソルの子孫である。ミソルはトートの子であった。トートはアトランティスの司祭の息子で、その国からエジプトへ移ってきたものである。彼はアトランティスのクロノス王の娘と恋をし、国を出奔し、放浪の旅の末、エジプトに上陸したのである。彼はサイスに寺院を建て、そこで故国の知識を人々に伝えた』とする刻文を掘り起こし読み取っています。地勢的にも大西洋にはかつて大陸があったとしても不思議ではない台地や山脈があり、実在したと考えていい証拠は少なくありません」

「エジプトやギリシャをはじめとする古代地中海の文明はアトランティスからもたらされたということか」

「そうです。エジプトにしても古代地中海にしてもその文明の出自はどうしても明らかにできないんです。何かが劣化しながらも継承され、もう一度燃え上がったと考えるほうが合理的です」

「ムーのほうはどうなんだ」

「アトランティスほどはっきりと地勢的な根拠や記述はありませんが、あちこちに『ムー』を表す表象が刻まれた粘土板があったり、多くの伝承が存在しています。実証性は低いですが、実在した可能性がないわけではありません。そしてチベットに赴任した軍人であるチャーチワードと当地の高僧が解読に成功したとされる粘土板によると、ムーの最大の植民地であるウイグル帝国は次のようなものとされています」

　このウイグル帝国、東は太平洋、南はコーチ・シナからミャンマー、インド、ペルシャを境界とし、西はモスクワあたりまで、北はレナ川流域のシベリアの荒野までを領土とし、その首都はバイカル湖のわずか南にあったという。また当時中国とモンゴルの国境地帯のゴビ砂漠にあたるところは草原と湖の点在する豊かな場所で、西方のタクラマカン砂漠にあたるタリム盆地も今よりずっと水流に恵まれた豊かな地で自治的な多くの都市王国が存在していた。その様子はずっと後になって発掘されたロプノール湖と楼蘭からもうかがえる。その多くは大洪水と天山山脈の造山活動により崩壊した。しかし、バイカル湖南の首都近くにいた人たちが生き残り、南下して中国の礎を築き、西方に展開した人たちが西へ西へと進み、スラブ、ゲルマン、ケルトの始祖となっていく。

「ウイグル帝国か。すごい話だな。でもそのウイグル帝国の領土って蒙古のチンギス・ハーンが征服したものとほぼ一致している気がするね」
「その通りです。チンギス・ハーンにも、というか、モンゴルの民族そのものにもともとあのあたりまでは自分たちの土地という意識があるのかもしれませんね。それと中国でも匈奴《きょうど》などと嫌っていますが、強くて本当に優れた民族は、いつも北から来るという意識があるんだろうと思います」

「それにしてもバイカル湖から南下してくるなどというと、以前に話した東アジアの人類の骨格研究を思い出すね。三〜四万年前くらいにスンダランドに到達した現人類がバイカル湖のあたりまで進んで、そこで熟成して再度南下を始めたという」

「そうなんです。じつは驚くべきことに、ムーの植民地ウイグル帝国が力を蓄えて領土を広げていった時期がそれと合致しているんです」

「え、じゃあ、粘土板に書いてあることが科学的に立証されている人類の展開とも合致しているということか」

「そうなりますね。それと、もう少し注目してもいいんじゃないかと思えるのは、タリム盆地です。チベットの北方タクラマカン砂漠のあたりは、太古には草原と湖や水流の豊かな恵まれた地だったと思われます。ちょうど中国とヨーロッパに続く西方世界の中間にあり、本当に高天原のような存在だったんじゃないでしょうか」

「そうだね。観音様もそう言ってた。湖のほとりには幾多の王国が栄え、インド、ペルシャ、スキタイなど黒海を取り巻く地域、遠くはギリシャなど地中海沿岸やアラビアと、東方の東アジアを結ぶ要衝。シルクロードの時代には確かにそのものの形があったわけだけど、太古にはもっと世界の中心的な存在だったのかもしれないね」

「その通りだと思います。西洋の文献には東方見聞録くらいにしか出てこないし、中国もあまり書きたくなかったから記録を残さなかったのでしょうけど、現在のモンゴルからタリム盆地やタクラマカンあたりには牧畜や農耕、商業活動、武力を伴う統治に及ぶ非常に活発な営みがあったはずです。その一帯はチュルク系言語を共通に使用することでも知られていますが、これはトルコからシベリアまで広がるものです。それらがひとつの帝国としての形を取った時代があったかどうかはともかくとしても、文化・経済を共有する地であったことは疑う余地がありません。そうでなければ、共通の言葉を使う必要はまったくなかったわけですから」

「すごいね。その版図は古代ウイグル帝国に重なるんじゃないのか」

「まさにその通りです。ですから言語で見ると、世界は、シベリアからアナトリアに至るチュルク語系とインド・ヨーロッパ語族がイランとか黒海の東海岸あたりで交差し、さらにカナン・パレスチナを含むアラビア半島に展開するセム語族とエジプト文字、地中海を網羅するフェニキア系の文字を使う人たちで構成されていたと言っても過言ではありません。米大陸には古代マヤというとてつもなく大きな存在がありますが、それもほかの古代地域とかなり強いつながりを持っていたと考えられます」

「超古代大陸にこだわって言えば、ムーの残照が古代ウイグル帝国に残り、アトランティスの面影はおもにエジプトを最奥としてギリシャやイタリア、マルタ古陸などの地中海に残るということなのかな。たしかにあとはマヤだね」

「大雑把にいえばその通りだと思います」

「では、アラビア半島の文明はどこ由来なんだ」

「謎が多いんですが、私はインド洋に何らかムーやアトランティス的なものがあって、その残照ではないかとも思っています。例えばインド南部のドラヴィダ文明の原型とか。レムリア大陸伝説というのもありますが、実証性はアトランティスやムーよりさらに低いようです」

「では中国は。中国も今の話の筋から随分外れているように思えるけど」

「中国の読み方も難しいですね。まず黄河を中心とした中原《ちゅうげん》と揚子江を中心とした江南は言語からしてまったく違います。ですから由来は別だと考えたほうがいいんじゃないでしょうか」

「たしかにそういうふうに思えるよね」

「中原に関しては中国の人たちは漢という固有の民族に帰させたがるのですが、個人的にはどうかなと思います。漢民族というのは中国の人たちのなかでの比率はそれほど高くないし、『漢』という国家が中国のなかで中心的な役割を果たしたのは歴史のなかでそれほど長くないし、統治者は案外北方から降りてくる印象が強いです。中原の土地は人口が多いのに案外耕作地が狭くしかも氾濫・洪水の繰り返しですから、統治がなかなか難しいと思うんですね。強大な首都が存在するとき地方は搾取の対象にしかならない印象があって、あの地域が最も生き生きしていたのは、政治的には乱れに乱れたという五胡十六国の時代ではないのかという人もいるくらいです」

「北方と西方からの強者をいつも畏れているという風情もあるよね。匈奴などと言ってるけどじつはとても怖がっている。現在でも新疆《しんきょう》・ウイグルに対しては激しい感情の高ぶりを示したりする」

「そうですね。そしてここでも秦の始皇帝の時代に大規模な焚書が行われているので、その前の時代の記録がほとんどすべて消されていると言っても過言ではありません」

「そうだね。とても残念だ。ところで江南の状況はどうなんだろう」

「これもまた難しいですね。これは南の東南アジアから北上してきた人たちが作った文明圏なのではないかなあと感じます。古代ウイグルとは別の文明圏を持った人たちのような気がします。たぶんムー由来なのは同じなのでしょうけど、草原のウイグルに対して湿地、海辺の文化を持った人たちではないかと思うんです」

「なるほどね。日本でもこの江南由来の人たちと半島を通ってわたってきたウイグル系の人たちとのせめぎ合いみたいな感じがあるものね」

「その通りですね。ところで焚書の話が出ましたが、私が思うところ世界の三大焚書は古代マヤに対してキリスト教会が行ったもの、始皇帝による焚書坑儒、あとアレキサンドリアの書庫の喪失かなと思います。他にももちろん世界でも日本でも繰り返し行われたわけですけど、これらの書物が残っていれば、世界はもっとつながって見えるはずです」

「そうだね。そうなれば世界はもっともっと違って見えるだろうね。残念だ。観音様ってそういう世界を見てきた存在なのかな」

「そうなのかもしれません。ですから少しでも今の世界をもっとつながっていたそのころに近づけようとされているのかもしれませんね」

シュメール

小谷と大山の議論は現代につながる射程内の文明の発祥について進む。

「そもそも文明ってどこでどういうふうに生まれてきたのか。どのあたりまでさかのぼれるんだろう」

「いま確実に立証でき、現代につながるものとして残っている最古のものはシュメールです。もちろん、もっともっと超古代の文明の痕跡はあちこちにあるのですが、峻立してしまっていて現代とつながりません。なぜここにこんなものがという謎解きとしては面白いんですけどね。掘り出されたものと文字として伝承されている石碑やそれを物語るもの、つまり神話が残っているかが大きなカギです」

「なるほど」

ふたりはシュメール神話（ギルガメッシュ叙事詩）について大雑把におさらいした。

最古の文明とされるメソポタミア文明発祥の地シュメールでは前三〇〇〇年くらいまでには世界最古の楔形文字が経済、行政、碑文などで活用されていた。文字は人の数や物、家畜の取引における管理など、経済、行政的な必要性から生まれた。それが人の生い立ちや業績を伝える碑文を経て物語を表すことができるようになったことは、文明の発祥を考えるうえでとてつもなく大きい。詩や呪詛の文言は本来口承で伝えられていた。したがってそれらは本来「書く」ものではなかったのだ。このシュメール神話（「ギルガメッシュ叙事詩」）はそうしたなかもっとも古くに著わされたとされる叙事詩で、楔形文字を使って書かれた代表的な叙事神話である。それ以前の神々の集団であるアヌンナキについて触れられたものなども存在するが、広く認められるのはギルガメッシュ叙事詩以降のものである。これには有名な「イナンナ（イシュタル）女神の冥界下り」が含まれ、この「イナンナ」は日本神話の「イザナミの（冥界下り）」とよく似ていることが知られている。

「つまり、こういうものが書かれるということは、この物語の内容はすでに広く口承されていたんだね」

「そうなりますね」

「日本神話にそっくりなものが出てくるというのは、とにかくこれは前三〇〇〇年の話だから、時を経て日本にも伝わったということかな」

「そうかもしれないし、世界中に同じような話がもともとあふれていた可能性もあります。とにかくムーやアトランティスはこのシュメールよりけた違いに古いわけですからね。でもそれを言い出すとこの議論は成り立たなくなるのでやめておきましょう。けれど、たしかに超古代からの投射はいつもこの手の議論について回ります。第一、楔形文字って一体どこから来たのかという出自については何の議論をすることもできないんです。手がかりがありませんから。まあ、なくはありませんが、かなり危うい話に流れていきます」

「まあ、いいだろう。でも、ハッと驚かされるのは、この時代にすでに膨大な記録、詩と言えるものに対応できる文字が作り出されていたことだね」

「このシュメールの楔形文字はエジプトのヒエログリフと並んで世界最古の文字と目されますが、これを工夫することによってバビロニアやアッシリアのアッカド語が出現し、その影響のもとフェニキア文字やそれから派生した古ヘブライ文字、キリスト教黎明期のアラム語なども含み、アラブに広がるセム系、クレタ、ミケーネの線文字、ペルシャ系文字などを経て、ローマを中心とするラテン語とアラビア語に収斂《しゅうれん》されていくんです」

「すごい旅路だね。ゆっくりとたどり直してみるとすごく面白いんだろうね。ところで話し言葉の発生から文字、つまり書き言葉への変遷・移入には膨大な工夫がなされざるを得ないのだろうけど、必要上、動物や物、家族を表す単語から始まったのだろうね。待てよ。これらのものを表す単語ははじめに象形的な文字があって、それをどう読むかはあとで考えられたのかな」

「いえ、多分、木の実なり食べられそうな動物なりが目の前にあったとして、それを指して何らかの言葉を発したと思うんですよ。書き留めようにもその時代紙も鉛筆もない、地面に木の枝で描いてもなかなか通じないと思うんですよね」

「そうだよな。やはり、最初は『何とか何とか』とそれを指す話し言葉で表してたんだろうな。そして次にそれを指して識別したり数えるときに伝達する仕組みが必要になり、さらにそれをどうするという動詞が組み合わさり音節文字へ。少なくとも、文明つまり牧畜、農耕の管理社会が始まるまでには、そのような実務的な表現手段が整備される必要があるわけだろうけど」

「はい。そう思います。でもここで少し考えてしまうのは、詩の世界ではどうなんだろうということです」

「感情表現の世界だね」

「そうです。やはりはじめに表現したい感情があるわけですよね。感情を吐き出す音」

「たぶん、それは表情なり身振り手振りと同時に表されたんだろう」

「身振り手振り、つまり詩は舞踏の原型と同じタイミングで発生したということになりますか」

「そう言えるのかも。詩は言葉を膨らませていき、舞踏は身体表現を追っていった」

「感情を吐き出す音、つぶやき、うなり、つまり詩というか祈り、呪詛の言葉は、アラビアの場合、農耕以前から続く遊牧のなかで駱駝の歩み、脚の調子から編み出されたものだと言われます。海の上なら波の音や魚の群れ、森なら木々のざわめきと小動物の息音とかですかね。アラビアでは古くからカッシーダという長詩が知られていますが、その原型はやはりサヂューという呪詛の言葉と言われています」

「その言葉を発するという行為も、考えてみればどのように始まったのかとても興味深いね。感情移入の末の発語がつまり詩ということなのかな」

「絵を描くのも同じかもしれませんね。目の前にあるものを写し取る。そこに次第に感情が移入してくる。その方向とは別に自分の内部の何か吐露したいものを表す。立ち現われるものを形にしていく。この両方向の描き方はあいまいな境界を持ちながらもつながっているはずです」

　大山は以前の光一との会話を思い浮かべながら描画について論を進めたが、小谷との距離がずれてくるのを感じて話を戻した。

「たしかにそれを文字にするのは至難の業《わざ》で、書かれたカッシーダを見ていてもT、L、Qを中心にした棒文が並んでいるだけでそれほどつまらないものはないらしいです。それを生きたものとして吟《ぎん》じるためにはおびただしい脚韻などをアクロバチックに使いこなす必要があるわけですが、その手法はすでに途切れて再生は不能と言われています。いにしえの描画手法も同じ運命をたどっています。再生は不能です。叙事詩にしても本来は吟じられるもので、何千行もあるトーテム（家系の由来など）を諳《そら》んじる『詩人』の存在が不可欠だったようです」

　しかしこのとき、小谷は小谷で別の幻が心のなかを満たしてくるのを感じていた。

駱駝の歩みに合わせて
コー・ダーニとナーミが楽しそうにさざめき合っている
そうだ
パテオでナーミの膝の上にいる以外では
コー・ダーニとナーミの距離はいつも駱駝の前と後ろに座った距離だった
そこで多くの感情が芽生えた
楽しいことも
悲しいことも

小谷も自分の描く幻に気づかれまいと言葉をつないだ。

「すごいね。それを覚えていたわけだもんね」

「多分、文字を発明したことで私たちの記憶力は格段に落ちてしまったのでしょう」

ふたりはそれぞれ現実の会話に戻っていった。

「そうだろうね。詩吟、謡《うたい》はアラビアの場合、砂漠を進む駱駝の足取りやその調子から生まれ、それに謡い手の感情が乗っていった。そのうち自分の誇れるもの、つまり自分は誰々の子孫という家系であり、誰々と親しい、また家畜は家族のようなものだから、家畜のすばらしさなどトーテムが叙事詩として語られるようになる。本来叙事詩はそのようにして成り立っているわけだね。それを国に当てはめると、建国の英雄の生い立ちや活躍が叙事詩として語られ、それが碑文などに残されて、私たちが目にできる形になったということだね」

「そうです。そうやって現在残っている最古の物語が、シュメールの『ギルガメッシュ叙事詩』ということになります。ギルガメッシュ王と半獣半神のエンキドウが協同して国を繁栄に導いたり、女神イナンナの冥界下りなど、後の世の神話にくり返し現れるものが原型として見られます」

「ところでそのシュメール文字には何か原型があるの」

「シュメールの文字は何をもとに造られたのか、何か見本があったのか、そのあたりは不明です」

「その先はわからないということだね。文字は農耕や牧畜などごく簡単なシステムのもとでも、自分の家族や物や動物、またはその数を記録する必要に迫られて出現したものだろうから、シュメールやエジプト、あるいはインダス以前にそれなりの集合体を持った地域があったとすれば、そこには何らかの文字があったはずだ。たとえ、超古代に地震や洪水でそれらがすべて流されたとしても、それを受け継いだ人たちはいたはずだもんね。それが多分シュメールだったんだろうな」

「そうです。そのシュメールをバビロニアやアッシリアが受け継ぎ、同じく楔形文字のアッカド語を生み出し、フェニキア文字が生まれ、そこから古ヘブライ語が派生し、バビロンの捕囚後キリスト教黎明期にはカナンのあたりでアラム語が出現して、セム系の言語と文化が発展を遂げます」

「もうひとつ教えてほしいんだけど。クレタやミケーネ文明の線文字はどういう由来を持つんだ。やはりセムとかアーリアの由来なのか」

「線文字Bの出自についての議論が有名です。最初セムなりオリエントなり東方から渡ってきたと思われていたのですが。とにかく知恵は東方から来ると考えられていた時代ですからね。でも実はギリシャのある地方に由来する文字だったとわかったんです。ただこれだと文化の流れが逆向きになってしまうので、つまり田舎から先進地に流れたとなり、どういうことなんだと大論争になりました」

「学者は慌てるよね。常識と合致しない」

「その通りです。文化はクレタからギリシャに伝わったと思われていたのですから。にわかには信じられなかったんです。ギリシャはずっと以前から人類が住みついていた土地ではあったけど、ごく原始的な人たちの地と思われていましたから」

「定説が覆されたわけだね。東方からクレタを経て地中海沿岸に伝わったのではなく、文明は逆にギリシャからクレタに投射されていた」

「ギリシャをはじめとするペロポンネソス半島からイタリアにかけてはエトルリア文字などをはじめ古い言語がとても多いところで、マルタあたりから東の地中海の文明の古地図はもう少し丹念に追究される必要があると思います。何かが埋もれている、沈んでいるんですよ。アトランティスとか超古代にかかわるものなのか。マルタ古陸がアトランティスそのものとする説もあるくらいです。少なくとも、東方からは来ていない。多分。そう考えたほうがわかりやすいし合理的です」

「そう考えたほうがわかりやすいか。そういう考え方も必要かもね」

アラブの律法

「ところで線文字Bの場合もそうなんだけど、文字の広がり、流れを詳しく見ていくと文明の広がりや流れに思わぬものが見つかったりして面白いな」

「そうです。特定の国や地域が持っている言葉はその生活に潜んでいるわけですから、国の境界や律法が変わってもずっと深く静かに残っていたりします」

「地域の盛衰によるわけだから、否応なく押しつけられたりしぶとく残ったり、そういうことは当然あるよね」

「ローマ以後を考えると、紀元後四〜五世紀からのヨーロッパのゲルマンを中心とする民族の大移動で西ローマ帝国が滅んだり、大きなことが重なり、結局、ローマ文化圏を中心とするラテン語とアラブ全体に広がったアラビア語に収斂されていくわけです」

「そして、ラテン語は政治の動きに流されるように英語、フランス語、ドイツ語などに分かれていったけど、アラビア語はイスラムの出現によって統一が保たれることになった」

「そうです。一方アラブではアラーが唯一無二の神であるのと同様クルアーンが唯一無二のもので、宗教ばかりでなく、言葉そのものをはじめとして、行政、法律、生活様式までも規定する書（教え）となります。しかもそれを変更することは原則として許されない、となったため、結果的にものすごく古い芯がその中に保存されて命脈を保つことになりました」

「律法や生活様式を規定するものとしてイスラム法というものがあるようだけど、あれはクルアーンと同義と考えていいのか」

「イスラムでは神アッラーから預言者ムハンマドに掲示された教えであるシャリーアがすべてを規定します。『イスラム法』なる造語が存在はしますが、聖書が法ではないのと同じく、シャリーアは予言者に掲示された教えであり、イスラム世界の法体系そのものではありません。現代の国家が制定する法を表す言葉はカーヌーンと呼ばれます。西欧で国際法が体系づけられるのは十七世紀まで待たなければならないけど、イスラム世界では八〇四年に没したシャイバーニーらによって西欧に大きく先立って国際法が体系化されています。いろんな民族を治めるために幅広い規範が必要だったんですね。バビロニアのハンムラビ法典と同じ道理ですよ」

「西欧世界は四分五裂していた時代だもんな」

「イスラムはこのシャリーア以外の言葉や偶像をすべて禁止するため、新しいものが発生しても新しく（専門）用語を作ることに極めて慎重になります。そのためひとつの単語にいくつもの意味を持たせることになり、脈絡からその意味を探りながら言葉を吟味しなければなりません。言葉に関してはものすごく慎重な態度と言えますね。でも、考えてみると、このやり方は太古のカッシーダ以来の伝統でもあります。その吟味は死を賭けた厳しいものです。言葉以外でもこれは同じで、結果として、新しいものに対してすべて慎重な吟味がなされることになる。すべてシャリーアに則っているかが、根本命題です」

「なんとも堅苦しいことだけど、これほど科学技術が人間を追い越してしまう現代の事態を思うと、参考になりそうな考え方ではあるね。キリスト教はそのタガを外してしまった。

科学を神にしてしまったというか、科学で宇宙を見切ることができると勘違いしてしまったというか、愚かなことだ」

「それは言えると思います」

「そうだよね。それに古いものが残ったのはともかくとして、統一が取れたために、イスラムの成立からしばらく、数百年の間アラビアの文化はすごく熟成した。哲学、文学、科学、医学もね。クルアーンの制約があるにしても、四分五裂してしまったヨーロッパ世界をはるかにしのいでいた」

「イスラム成立後しばらくは混迷が続きましたが、ウマイア朝のダマスカス、アッバース朝のバグダッドなど世界最先端の文明都市に変貌していきました」

「ところでクルアーンは聖書とは成り立ちが違うのか」

「キリスト教の聖書は多くの学者が時間をかけて練り上げたものですが、クルアーンはムハンマドがアッラーから伝えられた通りを筆記されたものです。したがって体裁も整っているとは言えないし、つじつまの合わないところもあります。でも、聖書も特に旧約はアラビアの一部であるカナンでのヘブライ・ユダヤ民族の活動についての書ですから、同じ土俵のことを書かれているものでもあり、やはり兄弟関係にあるのは間違いありません」

「不思議だね、現在の世界を大きく規定しているキリスト教はアラビアの砂漠で生まれ、仏教はインドの深い森で生まれた。でも、その前の世界を規定したものは、地中海やインド洋、あるいはひょっとするとそれ以前に大西洋や太平洋に存在したかもしれないけど、私たちは今それを見はるかすことはほぼできない」

「そうですね、わずかな痕跡から想像するしかない。その意味では中世のアラブの世界も同様です。ルネッサンスのはるか前、アラビアのあちこちに蔵書が何万冊もある図書館が存在したようなのですが、それは現在の私たちの手の届くところにはない。その知恵は消えてしまった。とても残念なことです」

ヘロドトスの世界

「ところでアレキサンダーの出現、ローマ勃興以前の地中海やペルシャ、エジプトあたりを活写した書き物、記録というのはないんだろうか」

「ヘロドトスでしょうか。ギリシャを中心にエジプトやペルシャの前五世紀あたりを詳しく描写したものとして、ヘロドトスを忘れるわけにはいきません。それまでの神話物語とはまったく別の書き物を残しています。そのおかげで、私たちもいくらかそのころのギリシャ、ペルシャ、エジプトを覗き見ることができます。当時ペルシャは大国だったけど、ギリシャもエジプトも全盛期をはるかに過ぎて何とか苦心しながらその存在を保っていたというような時代です。アレキサンダーのような存在の出現も予感させます。ヘロドトスについて大まかに説明してみると次のようになります」

『歴史』の著者ヘロドトスは前四九〇年~前四二〇年に生存した。小アジア南部のギリシャの植民都市ハルカリナッソス出身。彼が在命当時その一帯は独裁制の圧政に苦しみ、その打倒を目指す争乱が起こって、著名な叙事詩人である彼の親近者パニュアッシスは命を落とし、彼自身もサモス島への亡命を余儀なくされた。その後の反乱によって独裁者は倒され、前四五〇年代にヘロドトスはハルカリナッソスに帰還する。そのあと彼は、東はバビロン、北は黒海北岸からウクライナ、南はエジプトのアスワン、西はリビアにまで及ぶ長旅を続ける。前四四四年にアテナイによる南イタリアのトゥリオイ植民に呼応して移住し、その地で没している。

『歴史』は、ペルシャ、ギリシャの東西抗争を主題としたものだが、それと同時にその行間に彼自身が歩き見聞した地域の文物がふんだんに書き込まれている。エジプト、スキタイの著述などは、地誌、民族学、文化人類学の起源とでも言えるような詳細な記述に満ち、英雄の碑文くらいしか先例のないこの時代になぜこのような書き物が出現できたのか驚かざるを得ないほどさまざまな情報にあふれている。またのちの編纂者によるものとみられるが、全体を九巻にまとめて、それぞれの扉にミューズの名を冠している。サラミスの海戦などを扱ったこの本のクライマックスとも言える第八巻に「ウラニア」の名前が見える。

「ヘロドトスの『歴史』は面白いですね。バビロニアやヒッタイト、エジプトなど古代の強国が強固な境界線をもって互いににらみ合っていた時代が終わり、前一二〇〇年のカタストロフを経て、キリスト教起源年（西暦元年）に向かって、国々の版図が入り乱れていくなか、そのエポックのひとつ、ペルシャとギリシャのペルシャ領地、ペロポンネソスにおける東西抗争を扱いながら当時の地理、民俗、風習などを詳述している」

「地誌、文化人類学的著述の起源のような本だね。でも、なぜあの時代にあんなものが書けたんだろう。それまではというか、その後もしばらくは、著述と言えば英雄伝だったり、神と人間の交流だったり、税のための測量とか直接的なもの以外書けないというか、書いてもまず資料としてしか残らなかったと思う。見聞したものを説話や自分の考察とともにそのまま書くという著述は出すことができなかったはずだからね」

「当時はギリシャにはギリシャ的中華思想のようなものがあったと思うんです。それにもそれほど合致していない。ただギリシャの全盛期というのは明らかにそのかなり前ですし、西にはローマやカルタゴという強国が勃興して覇権を争い始めたころですから、将来的なギリシャの没落を予見して、まだ母国がいくらかでも輝いていた時代を示そうというような魂胆もあったんでしょうか。それに彼は植民地の住人でしたから、そこは冷めた目が持てたはずです。加えて彼は人生後半にいたアテナイで政治家、権力者とも強固な関係を持っていて、自分のやりたいことを主張しやすい環境は持っていました。何というか実力者、功労者だったわけです」

「そうだね、エジプトの記述なんか見ても普通のギリシャ人が読んだらムッとしそうなことも随分書いている。あの時代にはすでにエジプトとギリシャはかなり文化交流を持っていたんだね」

「そうです。エジプトもギリシャも版図が崩れてきて、次のアレキサンダー大王の時代の予兆を感じさせる時代です。エジプト王朝も終焉に近くなると、ギリシャの意向に逆らう形で王を立てることはできなくなります。アレキサンダーの後はローマの顔色をうかがいながらなんとか生きながらえるわけですが、ついに終焉を迎えます」

「『歴史』を読んでいて面白いなと思うのは、ヘロドトス本人が足を踏み入れた地域についてはものすごく執拗に探求しながら書いているのに、それ以遠の土地についてはものすごくあっさりしているというか、あまりイデアというか希望を持っていない。『人は住んでいない』とか『ギリシャ人でその先を見たものはいない』とかいう書き方になっている」

「そのあたりがボトムアップというかバナキュラーというのかローカリズムというのか、『私が知る限り、この世はこのようにどろどろとした所作の結果がどこまでも続く』とでも言いたそうな書き方になっていますね」

「アトランティスにしても、プラトンは文化の起源となる大陸の存在を想定して、そこから今のギリシャやエジプトに文明が伝わっているという言い方をしているけど、ヘロドトスはヘラクレスの柱の外側にはアトラスという大きな山脈があって、その向こうにはアトラス人という原住民がいるに過ぎないという言い方ですませている」

「イデア論者と現実主義者の違いですかね」

「そうだ。イデア論はいつも天上かどこか遠くに光り輝く理想の国があり、そこから光が投射されているみたいな言い方をするけど、ヘロドトスはそこを避けている。あくまで現実主義者なんだよ。圧政に苦しんで亡命したりとかなり苦労もし、政治の理不尽もよく知っている人だろうからね。いろんな民族や王なり個々の人たちの妬《ねた》みや恨みや駆け引きによってこの世の物語は作り上げられているという言い方だよね」

「でも彼は神託には絶対の信頼を置いてますよね。そこが面白いですね」

「この世の運など人間が決められることではないという考えなんだろうな」

「ひとつ面白いなと思うのは、現代の西欧的な流れの主流を作り出しているヘブライの動きについては何一つ触れてませんね」

「どちらが早いかにもよるのだろうけど、ヘロドトスの時代ってユダヤのバビロン捕囚とか旧約聖書が書かれたころかな」

「新バビロニアが滅び、バビロン捕囚からユダヤの民が解放されて数十年でヘロドトスの時代になりますから、彼はそのことは知っていたはずです。旧約聖書の原型は『歴史』の少し前くらいにできているはずですが、そこには総索引を見渡してもヘブライもユダヤもまったく登場しません。わずかにパレスチナあたりに三つの部族が存在するとあるのみです。『歴史』では、『いま強大な国も亡《ほろ》びるかもしれず、いまは小さな勢力も将来を動かすようになるかもしれないので、私はできるだけ仔細漏らさず書くつもりだ』と宣言して、聞いたこともない民族名やナイルの源流やらスキタイの北限などが執拗に探求されているのにです」

「あえて無視したのかな」

「そうかもしれません。あるいはヘブライの物語は当時本当にゴマンとある民族興亡劇のひとつにすぎなかったのか。いろいろあって結果的に今の世界を規定するような大きな流れになってしまっていますが、ヘロドトスから見れば、まさかこうなるとは思わなかった、という口あんぐりの状態なのかも。ホメロスやプラトンにも皮肉めいた目を向けるヘロドトスのひとつの姿勢を表すものかもしれませんね」

「ヘロドトスの視野には入っていないみたいだけど、やはりフェニキアとカナンの動きはとても気になるね」

「先生にとっては大問題ですもんね」

小谷と大山は再度フェニキアとカナンについておさらいをした。

フェニキア

前一二〇〇年ごろのカタストロフと呼ばれる時期、当時の大国であるアッシリア、ヒッタイト、バビロニア、エジプト、それに台頭を始めていた新興国のギリシャまでもが、なぜか同時に衰退した。その結果、レバント・カナン（現在のレバノン、イスラエル、パレスチナあたり）に大きな権力の空白が生じ、いくつもの民族が入り乱れてその地での主権の確立を目指した。アブラハムを祖とするユダヤ民族もそのひとつである。しかし、アブラハムがカナンに入ったとき、ずっと以前からその地に居住していた民族がいたと言われる。シナイが起源とされるフェニキアである。ただ、この民族は海岸線にいくつかの拠点を持ち、おもに海に開いて活動していた。しかも、多くの民族に商品を提供していたため、内陸で、ユダヤをはじめとする諸民族と本格的な衝突を起こす危険性は少なかったのかもしれない。その後ユダヤ民族がこの地に主権を確立し、やがて北部のイスラエル王国と南部のユダ王国に分裂して、イスラエル王国がアッシリアに滅ぼされ、ユダ王国の人たちがバビロンの捕囚に遭った前五〇〇年ごろも、その後アレクサンドロスが遠征してくるころまで、それなりの存在感を保ち続けた。ペトラの建造で名をはせた内陸貿易の雄ナバテアの民と並んで、その千年紀、フェニキアの民は海の貿易を握り続けた。

「フェニキア人はアブラハムのカナン入植前からアレクサンドロスの時代まで、少なく見積もっても千年以上も栄枯盛衰の激しいあの地でそれなりの存在感を保っていたわけだね」

「源流はシナイあたり（原シナイ）とも言われますが、詳細は不明です。レバノンにはシドンの都市名がありますから、現在でもその末裔はいるんでしょうね。でもフェニキアはあの地で主権を争ったわけではありませんから、逆に続きやすかったんでしょうね。それにレバントに限らずアッシリアやギリシャにまでさまざまな物資を提供する面があった民族ですから、どこからも潰されにくかったと思います」

「しかし、あちこちで小さな軋轢《あつれき》は生じるだろうから、それほどの長期間生きながらえたということはよほどうまく立ち回っていたんだろうな」

「その通りだと思います。でも、やはりじり貧になるし、絶えず強国とくにアッシリアの圧力を受けるし、相当やりにくかったのでしょう。前九〇〇年ごろには王女エリッサが新天地北アフリカにカルタゴを建国する流れになります。自分たちの王国の建立ですね。その後カルタゴは栄えますが、レバントのフェニキアはじりじりと衰退していきます」

「なるほどね。ところで、アブラハムがカナンに入植してきたとき、すでにそこにいたこのフェニキアの人たちは、一体いつごろどこから来たんだろう」

「謎ですね。フェニキア人は東洋的な所作や伝統を持つといわれます。何をもって当時の歴史家がそう言ったのかは定かではありませんが、とにかく自分たちとは違う顔かたちや所作を持つ人たちだったようですね。何もわかりませんけど、おもに海岸線にしか拠点を持たず、海に向かって活動するということは、もともと海の向こうからやってきたと考えるほうが自然かもしれません」

「海の向こうからって?」

「紅海からシナイ半島の南部に上陸する以外は、ジブラルタルを越えてくるしかないですよね。元来北アフリカにいた人たちだとしても、シナイに至るまでには海岸線沿いだと当時の強国であるリビアやエジプトを通過しなければならないし、海上にはクレタの勢力が強い監視網を張っていたはずです。それに北アフリカに降ってわいたわけではないでしょうから、どこかからつまりジブラルタルを越えて入らなければ理屈が通りません」

「どこからジブラルタルに入ってきたの」

「ひょっとするとムーや古代マヤから続く民族なのかもしれません。これはチャーチワードが唱えていることなのですが、ムーの文明が古代マヤやアトランティスを経て地中海に流入し、地中海沿岸やエジプトに拠点を置いたとあります。またはアフリカをぐるっと回ってインド洋から。でも、インド洋から上がってくるんなら直接紅海から来そうなものですね。ただ古代インド洋にどんな文明活動があったのかはほとんど知られていません」

「たしかにね」

「インド洋のなかに大きな文明発祥装置があったかどうかはともかくとしても、それを囲む地域には大きな交流と優れた文明が興っていたはずです。インダスやガンジスの文明が海に流れださないはずがない。この地域にも内陸と海辺の双方向の大きな交流があったんじゃないでしょうか。今の東南アジアからインド沿岸、アフリカに至る大きな文明圏があったはずです。ひとつその小さな証左になるのが、シバの女王のサバ王国ですね。ひょっとするとシュメールもそのひとつかもしれません。バビロニアやアッシリアとはどうも系譜が違うんですよ。このあたりは亮君とも議論になりました」

「そういうものがあれば、古代、アフリカ周りで東洋的なものがジブラルタルを経て地中海東岸までやってきていても何ら不思議はないよね」

「理恵さんの大航海です。理恵さんはその記憶をたどりながら進んだことになります」

「そうだね」

「それにね、東洋の西洋流入には、もうひとつの可能性があるんです」

「なに？」

「コロンブスはアメリカ大陸をインドと間違えた」

「そうだね」

「だから、南米からアフリカ西海岸を経てジブラルタルに至った可能性もあるんです」

「それがあるとすれば、ヨーロッパの人たちが知らないうちに完全に地球を一周してしまうね」

「あり得えます。ヨーロッパ人はあとから来た人たちです」

「フェニキアのカナンでの拠点テュロスやシドンの人たちはどこと交流していたかだよ」

「イベリアの鉱物資源を得るために北アフリカに拠点を作りはじめたということになって

います。その最大のものがカルタゴです。しかし、カルタゴの建設が前九世紀ごろと言われますが、その前にウティカなどいくつかの都市が建設されていたことが知られています。つまりそれ以前からアフリカ北西部にはなじんでいたのではないのかと思うんです」

「なるほど」

「アフリカ西海岸に深く入り込んだカルタゴのハンノという将軍が知られていますが、ハンノの旅行記はとても興味深いし、その活動は前五世紀のことだから、そこからカルタゴが滅びる前一四六年までにアフリカ西海岸に多くの拠点を作り上げていたと考えるほうが自然です」

「そうだとすれば、カルタゴが滅びるとき理恵が先導するマゴ一族の船がアフリカ西海岸を経てインド洋に抜けるのはあり得る話だね」

「どうもハンノはその航海記のなかで多くの肝心なことを隠しているようなのです。あとでそれをもとにして追跡され、破壊が行われないようにしたのだろうとも思えます。当時それなりに知られていた拠点に関する記述がまったく抜けていたり、不自然なところも多いんです。現実に基づいたものなのか夢物語なのかもよくわからないんですね。『高丘親王航海記』みたいなものです。でもアフリカ西海岸のあちこちに拠点があり、支援者がいたのはたしかではないでしょうか」

「そうだとすれば、エリッサである理恵の航海には、それを再現する権利と、何というか義務もあるのかもしれないね」

「そうです。やらなければならない航海だったのかもしれません」

スキタイ

小谷と大山によるヘロドトスの解釈はさらに進む。

「スキタイのことが出てきたけど、その周辺の書き方も面白いよね。スキタイに影響を及ぼしていると思える北方、東方はぎりぎりのところまで追いかけているけど、それから先の東方のことは『人は住んでいない』ですませている。ヘロドトスのころはまだギリシャ人の視野としてはその先は不明だったのかもしれないけど、あとで世界史を覗いてみると、その東方にはすでに大きな遊牧勢力による文明が広がっていたことになる」

「そうですね。それが頭に入ってなくてスキタイのことを書いたのは、彼の時代では限界だったのかもしれません」

「そうだね。スキタイというのはもっと東にあった有力な勢力の西方の端に位置していたんじゃないかと思うんだ。遊牧に基づく生活の様式はギリシャ、ヨーロッパのみならずペルシアからもあまりにもかけ離れすぎている。一方スキタイの西方はその時代まだ黒い森林に覆われた原初の社会だ。ケルト文明も今ではアイルランドの専売特許みたいになっちゃってるけど、元来は東寄りの中部ヨーロッパが発祥だ。ドナウ河あたりのね。やはり東方の匂いを嗅ぎ出さないわけにはいかない。東方の勢力が微妙にアナトリアというかアラビア、バルカンあるいはギリシャ的な文化と触れ合って生まれたのがスキタイじゃないんだろうか」

「その推察も成り立つのかもしれませんけど、黒海沿岸の北方地域について、現代とつながるものとしては次のように説明されています」

大山は以前に亮と交わした対話に沿って説明した。

大山と亮の対話から。亮はそのあたりもよく研究している。

「歴史に名が残る活動はいつごろから始まるのかな」

「基本的にはスラブ人の地域なんですけどね。黒海の南岸ほど国家活動は盛んではなかったようですね。ずっと以前からそのあたりにいた人たちは、あちこちに小さな拠点を作って交易を担ったり、傭兵として乞われて騎馬兵士を出したりしていたのではないかなと想像はできます。コサックの原型ですね。前八世紀くらいからイラン系の騎馬民族スキタイの活動領域として歴史にはっきりとその名が出てきますね。それが現在のスラブにつながってきます。でも、やはり、どちらかといえば黒海北岸、つまりステップのあたりは、東西をつなぐ巨大な流通路であり、軍事的にいえば傭兵供給装置みたいな意味合いが強かったんじゃないでしょうか」

「そうだね。少なくとも東に向けては中国に向かう大きな交易路になっていたことはよく知られている。西向きにもそんな流れがあったのかな」

「西向きはどうでしょう。そこもよくわかりません。どちらかといえば、ある時期からは逆に西や南北からいろんな勢力が流れ込んできたことが知られています。巨大な交易はスカンジナビアからの海遊民族が背負っていたんじゃないかと思います。八世紀くらいからは、西のノルマン系や北のスエード系の諸侯たちが、この地域に入り込んできて拠点を作りはじめているようですね」

「ルーシつまりロシアが国の形を成し出したのもこのころからだね」

「いきなりロシアにはいかないですが、発芽というか歴史に現れるのは、そのころからですね。まず八八二年にバルト海から入ったスエード人のオレグがノブゴロド、キエフの町を建てたといわれます。その辺から目に見える歴史が始まります」

「それがだんだん大きくなってキエフ大公国に発展するわけだね」

「その通りです。そのころ南にはいわゆるビザンツ帝国があり、彼らの迫害を受けて、ブルガリアあたりにいた聖職者がキエフに大量に流れ込み、ロシア正教の原型をつくり宗教活動も活発になってくる。つまり精神的にも都市機能の整備が進むわけですね」

「それ以前のスラブのそのあたりの宗教というか信仰の状況は、どのようなものだったのかな」

「興味深いですが、よくわかりません。遊牧、農耕が融合した独特の信仰形態があったんでしょうけどね。黒海の南岸まで出向いてそこでいろんなものを吸収もしたと思いますけど。一時的にはアスカロンの信仰に染まったりもしたようです」

「へえ、そうなのか」

「でも結局信仰の真意を会得することはなく、神殿を侮辱したりしてしまっているようです。さらにその信仰の痕跡は、ソ連邦の時代に徹底的に破壊しつくされているでしょうし、なかなか足を踏み入れるのが難しい地域ですからね。よくわかりません。でも素朴な民族風習で何となく知れる部分はあります。その東のタタールの文化になると、もう少し色濃く残ってますから、わからなくはないです」

「タタール。タタールのくびきだね」

「そうです。この地域は一二四三年から一五〇二年まで、チンギス・ハーンの孫バトウの時代からキプチャク・ハン国の支配を受けます」

「それも大きいね。その後モスクワがのし上がってきて、現在のロシアへとつながってくるわけだね」


小谷は興味深そうに耳を傾けていた。

「そうなんだね。中国が伝統的に北からの勢力を恐れるように、スラブ世界もいつも東方からの勢力を恐れていたんだね」

「そうかもしれません。チャーチワードによれば、そこには超古代から大ウイグル帝国が存在していたはずです。この中央アジアにはそのずっと以前、人類の黎明期にさかのぼるデニソワ伝説も存在します。やはり文明を供給する何かの装置があるんです」

「その大ウイグル帝国というのはチュルク語圏と一致しているんだね。この一大語圏が北東ユーラシアから伸びて、インド・ヨーロッパ語圏やセム語圏に被いかぶさるようになっている」

「その通りです。ヘロドトスは黒海東岸の山の向こうに人は住んでいないと書いていますが、当時のギリシャ世界にとって北東ユーラシアはまったく未知の場所だったのでしょう。でも、そのはるか昔にはシベリアからアナトリアにまたがる広大な文明圏が存在していた」

ウラニア・アプロディーテ

「ところで『歴史』にはウラニアやアスカロンの名前も出てくるね。ウラニアやアスカロンはその時代どういう立ち位置を取っていたんだろう」

「そうですね。これも想像するしかないんですが」

「ウラニア・アプロディーテというのは一体どんな女神なんだ」

「フェニキアが祀《まつ》っていたアスタルテという神から派生した、あるいは同じ存在を指すと言われます。ただ小アジア側にある女神はウラニア・アプロディーテと呼びますが、このウラニアはアラビアで古くから信仰される女神で、これは『天国あるいは天上の』、『光明の』というような意味を持ちます。つまり大母神的な女神です。一方、アプロディーテはギリシャ表記で妻とか恋人とか、愛を注いだり注がれたりする対象で、ウラニアとは少しニュアンスの違う存在のように思えます。ウラニアには少し戦を鼓舞するような感じもあります。ウラニア・アプロディーテというと、『母のような妻のような恋人のような女神』なんてことになるんでしょうか。母というのは自分たちよりもっと多くのことを知っている存在ですからね」

「母のような妻のような、あるいは恋人のような、か。なるほど」

「他にエジプトでも、ギリシャの王女もしくは女神のヘレネがエジプトに渡ったときにつき従った人たちが祀った『異国の』アプロディーテというのが知られています。信仰の中心はキプロス島だったと言われますが、小アジアからキプロス島を経てギリシャにわたっていったものか、キプロスを中心に広がっていった女神なのか、やはりよくわかりません。西欧主義の勃興とともにアプロディーテの名前だけ有名になったわけですけどね。この小アジアの西岸とペロポンネソス半島あたりの祭祀、風習のやり取りはものすごく微妙なものがあると思います」

「コー・ダーニはウラニアに救い上げられるけど、またペルシャとギリシャとの戦場に投げ込まれる。このあたりもウラニアの性質をひとつ表しているのかな。男を絶えず戦に駆り立てる女神でもある」

「そうかもしれませんね。戦闘では女神や王女の収奪や神殿の破壊も行われます。ウラニアは『歴史』の第八巻の章扉の女神として登場する代表的な存在。古代からの大女神でもあり、ペルシャとギリシャの世界の葛藤を象徴するものかもしれませんね」

「ところでアスカロン神殿というのはどういう立ち位置になるんだ」

「ヘロドトスの著述では、ウラニア・アプロディーテを祀る最古の神殿ということになっています。ただ、この時代にはすでにその影はなく寒村とあります」

「どんな神殿だったんだろう」

「さあ、想像するのはなかなか難しいです」


アスカロンのウラニアは案外若い女神ではないのか。超古代からいる泰然とした大女神ではなく、人間の世界を何とかしようとしている私たちに近い存在。それは愛に満ちたギリシャのアプロディーテの相似形。東洋の観音とも似ている。厳然とした魔の面よりは、人間に必死に手を差し伸べようとする姿。なぜ人間を救おうとするのか。こんなどうしようもない存在は打ち捨てられて当然ではないのか。なぜ救おうとする。ただ、彼女たちは直接手を下すことはできない。その時代の人間を使ってさまざまに救いを仕組む。

小谷はそんなふうにも感じた。人間を限りなく愛おしむ女神。

白い浜辺にて

その夜小谷は夢を見た。
ひそやかな村を抜けると白い砂浜。
ここはどこなのだ。
波打ち際でふたりの少女がさざめき合っている。
理恵と由美ではないのか。
小谷にはそのように思えた。
顔を見合わせてはときどき笑い声をあげている
ふたりの近くでその姿を描き写している男の子がいる
光一のように思えた。
遠くに白い神殿がかすむ。
アスカロンの神殿ではないのか。
小谷にはそのように思えた。
海の向こうにはかすかに島影が見える。

ここはどこなのだ。
沖縄の御嶽《うたき》の浜なのか。
熊野の七里御浜のデルフォイなのか。
島に向かう船が見えた。
そのマストに小谷は理恵を見た。

廃墟にて

小谷はやはり毎日のように砂漠で由美が祈る夢を見る。ただ以前と違って由美が砂漠で祈るシーンに前段が入る。

小谷は駱駝に乗って砂漠に佇《たたず》んでいる。
由美が駱駝に揺られて近づいてくる。
由美は何かを口ずさんでいる。
歌っているようにも聞こえる。
やがて停止しゆっくり駱駝から降りる。

小谷も駱駝から降りる。
ふたりの距離があるラインまで縮まると
由美が祈りはじめいつもの胸苦しい夢が続く。

ある日小谷は面接室でいつものように由美と向かい合っていた。

以前と比べて由美は少しふっくらとしてきた。

「もう食べ吐きはまったくないよね」

「そうですね。今はまったくありませんね」

たしかに今の由美には食べ吐きの気配はない。干からびていた皮膚にもいくぶん潤《うるお》いが戻ってきている。小谷は珍しく由美の顔をまじまじと見た。由美はほとんど小谷と目を合わせようとしない。だがこのとき由美の眼光が刺すようにすっと小谷の眼に入ってきた。

このところ小谷は由美に対して以前とは違う感情を抱きはじめていた。もう何年になるのだろう。ここまでこの子とはずっとともに歩んできた。この子のために病院をやめなければならなかったし、ずいぶん多くのものを失ったが、じつはそれに大きな不満を抱いているわけでもない。どちらかと言えば、この世の幸せに近づいているような心地よささえ感じている。それは由美がナーミであろうがなかろうが、関係のない感情だ。由美はこの世では、母和子の魔性と闘っている。あるいはそれにかかわる葛藤に苦しんでいる。和子にも大きな助けが必要だが、それはどうも自分の役目ではなさそうだ。でも由美は明らかに自分を必要としている。多くのものをさらけ出しながら、自分の前に立っている。小谷は今や由美を愛おしく思うようになりつつあった。時として由美も燃えるような眼を小谷に向ける。

しばらくして由美から小谷にやや唐突と思える申し入れがあった。

「確かめておきたいことがあるんです。大山山麓の実家までつき合っていただけませんか」

何なのか。小谷はアスカロン事件の際の白い建物での由美の様子を思い浮かべていぶかしく思った。「確かめておきたい」というフレーズもやや気になった。でもこの誘いには乗らなくてはならないな。そうとも感じた。

「いいだろう」

小谷は久しぶりに崩れかかって廃墟に近いその白い建物の前に立った。はじめて外泊した由美がリストカットして近くの救急病院に担ぎ込まれ、迎えに行った小谷が東方病院に帰る前に寄った彼女の実家で、妙に印象に残った建物。そうだ。大山の父親が亡くなって彼の家に来たときもこの前を通った。最後は、外泊した由美と父親の後をつけてたどり着いたとき。あのときの息苦しく体が動かない不思議な感覚が思い出される。何とも言えない不快な感覚だった。

「さあ、入りましょう」

「ここに入るのか」

小谷はややためらった。

「そうです。確かめたいことがあるんです。先生と一緒に」

このフレーズはどこかで何度か聞いた覚えがある。そうだ。観音との対話ではないか。

「確かめたいことがある。なんだろう」

でも、ここは従わざるを得ないな。そう心を決めて、小谷は建物のなかに足を踏み入れた。窓もない閉ざされた空間。あとを追って由美も部屋に入り、ドアが閉められた。

ここは。

この白い建物は何かに似ているな。

小谷は懐かしさの交じった妙な気分に襲われた。

熊野のデルフォイ。

東方病院のその場所。

由美の白いパテオか。

いや、アスカロンの奥の小部屋。

何度か夢に見たアスカロン神殿の奥の小部屋ではないのか。


「小谷先生」

呼びかける声に振り向くと白いきれいな裸体の由美がいた。

由美に導かれて部屋の奥に進んだ。

さらに奥にすだれで仕切られた小さな空間がある。

由美に促されて小谷はすだれの奥に進んだ。

すだれの奥にうずくまっていたのは由美。

いや、ナーミ。

「さあ、おいでなさい」

ナーミはその燃えたぎる真っ赤な眼を小谷に向けた。

私は、私の魂は
いまや廃墟の影さえもないアスカロンの神殿で
ずっとあなたが現れるのを待ち続けていました。
私はついにあなたを見つけたのです。
私はあなたがコー・ダーニであることを確信したのです。
コー・ダーニ、
私がこのときを待っていたように
あなたもこのときを待っていたのです。
ウラニアである私はコー・ダーニであるあなたと
いまここで再び巡り合えたのです。

ナーミは、由美は、もう一度真っ赤に燃える目を小谷に向けた。
これはウラニアの眼。
いや、しかし目の前にいるのは紛れもなく由美だ。
小谷はゆっくりと由美の胸に顔をうずめていった。

コー・ダーニ
呼びかける声がした

あなたは？

ナーミです

ナーミ
やはりナーミか
あなたは美しいな
とても美しい
でもあなたは由美ではないのか
私は小谷ではないのか
由美はそれには答えなかった

コー・ダーニ
あなたはとても立派よ
ずっとこのときを待っていました
この世でこのときを待っていました
とうとう私のもとへ帰ってきてくれた

なぜだろう
私も待っていたような気がする
カナンの戦役を経てギリシャとの長い戦いを経て
私はいまここにいる

そうです
あなたも待っていた
このときを待っていた

私はあなたが

コー・ダーニであることを確かめたかった
そしていま、それが叶《かな》いました
そうです
あなたはコー・ダーニ

私は本当にあなたの言うコー・ダーニなのか
私は小谷ではないのか

由美はそれにも答えなかった

小谷は由美の前に頭《こうべ》を垂れた
小谷は由美の下腹部に温かいぬめりを感じた
あなたはコー・ダーニ
彼女は静かにほほ笑んだ

小谷は彼女の上で
温かいぬめりとほとばしりを感じた

次第に意識が遠のいていった
小谷はしばらく眠った
どのくらい横たわっていたのだろう
多くの影が彼の前をよぎっていった

東方病院のその場所
熊野のデルフォイ
フェニキア船の船底
そして
あなぐら

亮と光一の姿
マストの上の理恵

気がつくと彼はひとり建物のなかに横たわっていた。戸口に大山が立っていた。

「すべてが終わったのです」

大山は小谷にそう告げた。


しばらくして由美の妊娠が知らされた。彼女は女の子を身ごもった。

受け継ぐ者たち

その夜久しぶりに観音が小谷の夢に現れた。

「お前は見事に役目を果たしたぞ」

「何のことでしょうか」

「白い建物での出来事のことだよ。そしてお前は務めを果たした」

「由美が身ごもった女の子のことでしょうか」

「そうだ。お前の周囲のすべてが継承されたのだ。私たちは救い主とそれを助ける者たちを作り続けている」

「なぜそんなことをなさるのですか」

「人間はとても不完全な生き物だ。放っておくとすぐにいがみ合って滅んでしまう。それを食い止める存在をあちこちに忍ばせておくことが大事なんだ」

「別に放っておけばいいじゃないですか。なぜ観音様がそんなことに手出しをされるんですか」

「もう一度言おう。私たちはお前たちの意識のなかにある。そこにしか存在できない。だから私たちが長く生き延びるためにもお前たちがいてくれないと困るんだよ。そういうことだ。でも、多くの救い主は起動することなく静かにその生を終える。それでいいのだ。救い主が起動する世の中などろくなものではない」

「とにかく私は役目を終えたわけですね」

「そうだ。お前と由美。ふたつの魂が時と場所を越えて邂逅した。そしてお前は立派に役目を果たした。私がお前の夢に姿を現すことはもうないだろう。元気に暮らせよ」

そう告げて観音は姿を消した。

その後も小谷はそれまでと同じく、お腹が大きくなってくる由美と面談を続けた。何も変わらず面談を続けた。彼女は家では父親の栄治と暮らしている。

「お母さんはどうしているの」

「母は家を出てA先生と暮らしています」

小谷はもはやあまり驚かなかった。

「由美さんはどうするんだ。このままでいいのか」

「家で父と暮らします。たぶんそれでいいんです。先生とはこうしていつでも会えます」

「私は父親の責任を果たすつもりだ。大山教団からもね。私たちの子を必ず守る」

由美も静かにうなずいた。


しばらくして、由美が赤ちゃんを抱いてやってきた。

由美に抱かれた赤ちゃん、未希がにっこりと小谷に笑いかけた。

そして
何も起こらなかった

未希が大きくなり
宇海が大きくなり

翔馬が大きくなっても
誰も起動しなかった

由美が老い
理恵が老い
亮が老い
小谷が老い
大山がこの世を去るまで
何も起こらなかった
その間、世の中では多くの出来事が起きたが
彼らには何も起こらなかった

この物語は、のちに沖縄に帰った光一が、理恵や亮や小谷、それに大山から聞き取った話を膨大な量のスケッチとともに長大な絵巻物として残したために、後世の人たちに知られることとなった。

あとの物語は知らない。

この物語を完結できてうれしく思います。
作品にかかわってくださったすべてのみなさんに感謝します。

【著者略歴】

大谷純（おおたに・じゅん）

1954年鳥取県生まれ。岡山大学医学部卒業。医学博士。内科医として勤務後、東邦大学大森病院心療内科で心身医学を学ぶ。武蔵野中央病院内科医長、同病院にて日本初の「摂食障害病棟」を開設する。その後、横浜相原病院心療内科部長、JICA本部メンタル分野顧問医、人間総合科学大学大学院教授などを経て現在社団大谷医院理事長。著書にアスカロンシリーズとして『摂食障害病棟』、『アスカロン、起源の海へ』（作品社）、このシリーズは本作をもって完結。他に『癒しの原点』（日本評論社）、『プライマリケアと心身医療』（新興医学出版社）、共著書に『行動科学概論』、『心身医学』（以上紀伊國屋書店）などがある。

アスカロン、魂の帰還

2020年5月25日初版第1刷印刷
2020年5月30日初版第1刷発行

著　者　大谷純
発行者　和田肇
発行所　株式会社作品社
〒102-0072 東京都千代田区飯田橋2-7-4
TEL.03-3262-9753　FAX.03-3262-9757
http://www.sakuhinsha.com
振替口座00160-3-27183

編集担当　青木誠也
本文組版　前田奈々
装　幀　水崎真奈美（BOTANICA）
装　画　八頭こほり
（カヴァー「minosaura」、扉「ハイビスカス」）
印刷・製本　シナノ印刷株式会社

ISBN978-4-86182-806-5 C0093

【作品社の本】

摂食障害病棟

大谷純

これほどわくわくする物語に
出会えたことはまさに奇跡
——植島啓司氏絶賛！

摂食障害の治療をめぐる、医師と若い女性患者たちの心理を、古代ギリシアの対話篇をほうふつとさせる知的なダイアローグとともに描き出す、現役の心療内科医による衝撃の長篇小説。

ISBN978-4-86182-327-5

アスカロン、起源の海へ

大谷純

生命の根源に向かう旅、
人類が歩んできた行程を問う旅
——植島啓司氏激賞！

摂食障害を治療する医師とその患者らによる、人類の文明／宗教／文化の来し方そして行く末を訪ねる対話篇。現役の心療内科医が著した、鮮烈な書き下ろし長篇小説。

ISBN978-4-86182-583-5